書下ろし

長編時代官能

おしのび秘図

睦月影郎

祥伝社文庫

目次

第一章　忍びの若殿が色の手習

一

「そう、字を教えるときにはこのように、後ろから手を添えて、一緒に書くとよろしいでしょう」

志乃《しの》が言い、筆を持つ手をそっと握られながら小太郎《こたろう》は激しく胸を高鳴らせた。

彼女の手の温《ぬく》もりや柔らかさばかりではない。微《かす》かに背中には志乃の胸の膨《ふく》らみが触れているし、肩越しにはふんわりと甘くかぐわしい彼女の吐息まで感じられるのだ。

幼い頃から、志乃のように美しい手習い師匠にこうして教わっていれば、もっと覚えや上達が早かっただろうにと思えた。

「ではこのように、他の子たちに教えてあげてくださいな」

志乃が言って背後から離れると、小太郎は名残惜《なごりお》しげに志乃の残り香を求めるように立ち上がり、熱心に習字している子供たちを見て回った。

そう、小太郎は手習いに来ているのではなく、師匠の真似事《まね》を教わりに来ていたのだった。確かに十六ともなれば、とうに手習いなど終えて、働くか教える側にいなければならない年齢だ。

しかし別に小太郎は、手習い師匠になろうとしているのではない。一年ばかり世の中の様々なことを体験して来いと父親に言われ、駿河台小川町《するがだいおがわ》にある屋敷を出されてしまったのだった。

まず、たどり着いたのが、ここ内藤新宿《ないとうしんじゅく》の長屋だった。空き部屋があったので借りて住み、隣の二階で手習いの塾を開いていたので、後学のため見せてもらっているうち、いつしか居ついてしまったのである。

彼の隣の席では、やはり同じ藩から遊学に出された上原圭《うえはらけい》という十八になる女があくびを嚙《か》み殺し、小太郎と同じように子供たちの習字を見てやっていた。圭は束ねた髪を長く垂らし、野袴《のばかま》に脇差を帯びた男衆姿である。じっとしているより、剣術の稽古《けいこ》でもしたそうな雰囲気だった。

ここの手習いは、田崎悠吾《たさきゆうご》という二十歳の侍と、やはり同じ年恰好《かっこう》の志乃が二人で開いていた。夫婦や兄妹というわけではないのだろうが、一緒に暮らしているようだ。それでも淫靡《いんび》な雰囲気が見受けられないのは、志乃に対する悠吾の態度が過分なほど丁寧《ていねい》であり、おそらくは志乃が主筋に当たるからなのだろうと想像できた。

(志乃さんのような人を、妻に迎えることができたら良い……)

小太郎は、子供に手本を書いてやりながら思った。

三つ四つ年上でも、志乃ぐらい美しく優しく、また教養に溢《あふ》れていれば父も文句は言わないだろう。

圭も美しいが、男勝りで粗暴なところがある。もっとも、そうした飾り気のないところが良い部分ではあるが。圭はまだ小太郎が何者か知らず、単に同じ藩の遊学仲間と思い、年上ということもあって遠慮なく振舞っているのだった。

「では、今日はこれまでに致しましょう」

昼九つの鐘の音（正午頃）を機に志乃が言うと、八人来ていた子供たちは一斉に肩の力を抜いた。何しろ、悠吾と志乃のほか、小太郎と圭まで師匠として居るのだから子供たちも気が張っていたのだろう。

やがて筆や硯《すずり》を片付けると、子供たちは帰っていった。

「いかがです、ご一緒に昼餉《ひるげ》を」

悠吾が言い、小太郎と圭は言葉に甘えた。

悠吾と志乃にしてみれば、子供らに読み書きを教える手伝いをしてもらっているのだから、束脩《そくしゅう》代わりに飯ぐらい出すのを当然と思っているようだが、小太郎は邪魔ばかりしているようで済まなかった。

手習いの手伝いを始めて三日になるが、そろそろ見聞を広めに外へ出た方が良いのかもしれない。

二階の長机を片付け、四人は階下へ降りた。二階は、そのまま悠吾と志乃の寝室になるようだ。二人の夜の様子を覗《のぞ》き見たい気がするが、あいにく小太郎が借りている部屋は隣ではない。二人の隣には圭が住み、小太郎はさらにその隣であった。

藩からの金はいくらも貰《もら》っていない遊学の身で、二階長屋に一人ずつ住むというのも贅《ぜい》沢《たく》なものだが、同じ藩とはいえ知り合って間もない男女の小太郎と圭が同居するわけにもいかなかった。それに他の貧乏長屋は、武家となるとなかなか貸してくれず、探し回るのも面倒だったのだ。

冷や飯に佃《つく》煮《だ》、香々と味噌汁の昼餉を、四人の男女は慎ましく終えた。

「近くに、面白い人物はいないものでしょうか。物知りのお年寄りとか」

小太郎は悠吾に訊《き》いてみた。今までのように、午後にぶらぶらと散歩するだけでなく、目的を持ってどこか訪ねてみたかったのだ。

「それなら、市ヶ谷《いちがや》八幡《はちまん》に藤乃屋《ふじのや》という本屋があります」

志乃が代わって答えた。無口な悠吾と違い、志乃は何でも気さくに話してくれる。

「そこのご主人は玉栄《ぎょくえい》さんといって、とても面白い方です。まだお年寄りではないけれど物知りで、私たちの恩人でもあるのです」

「そうですか。では、そちらを訪ねてみることにします」

小太郎は言い、済んだ茶碗と折敷だけ片付け、圭と一緒に長屋を出た。

圭は、大刀を腰にぶち込み、男のように颯爽《さっそう》と大股で歩いた。小太郎ももちろん大小を帯びているが、小柄なためどうにも圭のように見栄えがしなかった。

「あの二人、どういう関係だろう」

歩きながら圭が言った。ぶっきらぼうな男言葉だが、やはり好奇心を持って二人を眺めていたようだ。

「私たちのような、遊学の途中の二人ではないのですか」

「ふん、私は駆け落ちと見た。清《きよ》らかに見えるが、どうも底には淫《みだ》らなものが流れているような気がする」

圭の言葉に、思わず小太郎は彼女の横顔を見た。

「ははあ、圭さんは男女のことに詳しいのですか。それとも、壁越しに夜な夜な睦言《むつごと》が聞こえてくるとか」

「小太郎！　お前は、なんて嫌らしいことを」

圭は目を吊り上げ、いきなり小太郎の二の腕をつねり上げた。

「い、痛い……！」

小太郎は顔をしかめて彼女の指を振り払ったが、嬉しくてならなかった。彼女に呼び捨てにされることも、こうして容赦なく折檻《せっかん》してくれることも、今まで経験したことがなかったからだ。

「私はまだ男女のことなど何も知らん。小太郎。お前だって同じだろう」

「それはそうですが、ではなぜ駆け落ちなどと」

「ただ、そんな気がしただけだ」

圭は答え、それきり不機嫌になったように口を引き結んで歩いた。

よく晴れて暖かい。路地を抜けて商家の多い通りに出ると、物売りや通行人たちで賑《にぎ》わい、町全体が活気に満ち溢れていた。古着屋も瀬戸物屋も、何やら物珍しくて見て回りたかったが、圭は買いもしないのに眺めることを物欲しげで嫌に思うのか、ずんずんと足早に行ってしまった。

商人ばかりではない。百姓も浪人も馬子も多かった。ここ内藤新宿は、多くの街道の分岐点だから様々な人たちで賑わうのだろう。

軒のひしめく長屋も、急に広々とした田畑に出ても、どこも人々が立ち働き、大声で笑い合ったり小突き合ったり、実に楽しげだった。武家屋敷しか知らなかった小太郎にとって、こうした風景に出会えただけでも父に感謝したい気持ちだった。

確かに、金がなくなれば自分で稼いで生きていかなければならないのだが、屋敷暮らしにはない自由さと、のびのびした感覚が何より得がたく思えたのである。

やがて商店の並びや田畑の合間を何度か通過し、多少迷いながらも二人は市ヶ谷方面に行き着いた。

「あれでしょう。八幡様の杜《もり》が見える」

小太郎は言い、圭と一緒に境内《けいだい》に入った。まずは藤乃屋を探す前に境内に入ってお参りをした。中には水茶屋や物売りも多く、参拝客がひしめいていた。

本殿にお参りをし、人の波に乗って裏手へと行くと、そこには小高い土盛りがしてあった。人々が賽銭《さいせん》を投げ、手を合わせているのを見ると、この土盛りも信仰の対象になっているらしい。

「これは？」

「どうやら、富士塚というものらしいですね。富士山を模して作り、山まで行かれないお年寄りや女がここでお参りするようです」

小太郎は説明書きを読み、一応二人して手を合わせてから境内を抜けた。

そして正面入り口から少し迂回《うかい》したところに、小さな本屋を見つけた。

「ここが藤乃屋です。入ってみましょう」

小太郎は言い、二人で店内に入ってみた。入り口周辺は、医書や学問書が多く積まれ、中ほどは読み物や、江戸案内図会などが並び、奥へ行くと枕絵や黄表紙の艶本などが多く揃《そろ》えられていた。

一番奥へ入ってみると、多くの本に囲まれた帳場らしき場所に、一人の中年男が座っていた。四十を少し出たばかりか、総髪にした髪と穏やかそうな顔立ち、動きやすそうなカルサン袴で胡坐《あぐら》をかいていた。

「ほう、珍しい取り合わせの客かな」

彼が先に口を開いた。

「玉栄さんでしょうか」

「おお、わしを訪ねて参られたか。いかにも、藤乃屋のあるじ玉栄です」

「私は浜田《はまだ》小太郎、こちらは上原圭さん。どちらも遊学中のものです。手習い師匠の田崎悠吾さんから聞いて参りました」

「ほほお、それはようこそ。ときにお二人は、許婚《いいなずけ》同士かな?」

「違います！」

玉栄の言葉に、圭が激しく答えた。艶本の山を見て、かなり不機嫌さが増しているようだった。そして圭は、ずいと前に出て玉栄に言った。

「このあたりに、剣術道場はございませぬか」

「ああ、牛込《うしごめ》方面に歩いていくと、池野《いけの》道場がある。そこは旗本や御家人の女ばかりが稽古する場だから、いきなり行っても入れてもらえるだろう」

「かたじけない。では御免！」

圭は一礼すると、さっさと店を出て行ってしまった。

思わず二人は、苦笑しながら顔を見合わせてしまった。

二

「美しいが、お転婆だな。だがあんたに好意を持っているようだ」

「そんなことはないでしょう。まだ知り合って三日です。それに圭さんは、強い男が好きそうだから」

「それが、そうでもないのだ。わしもああした女を何人も見てきたが、皆あんたのような優男《やさおとこ》を好きになるものだ。知り合って三日とは？　同じ藩のものだろうに」

「はあ、一緒に遊学に出たのですが、最初は単なる道連れだったのです。江戸屋敷は駿河台の小川町ですが」

「どこのご家中かな」

「小田浜藩《おだはま》」

「なに……」

「ご存知ですか。実は私の浜田という姓も仮のもので、小田浜をもじっただけなのです。本当の姓は、喜多岡《きたおか》」

「な、何と！　小田浜藩主、喜多岡家の若殿か！」

落ち着きのある玉栄の目が、真ん丸に見開かれた。

「おい、たれか店番を代わってくれ！」

玉栄は奥へ向かって怒鳴ると、

「どうぞ、こちらへ」

小太郎を上げて座敷へと案内しはじめた。

廊下から各部屋を見ると、多くの奉公人がいて印刷や製本などを行なっていた。みな通いで来ているらしく、実際にここに住んでいるのは玉栄一人だけらしい。

やがて小太郎は離れへ通された。そこが玉栄の仕事場らしく、多くの描きかけの絵があるので、どうやら彼の本職は本屋ではなく絵師のようだった。

小太郎が座ると、玉栄はその前にぴたりと正座をし、額《ひたい》が畳につくほど深々と頭を下げた。

「ぎょ、玉栄さん、そのような……」

「元小田浜藩士、榊栄之助《さかきえいのすけ》でございます」

「え……？」

「もしやお母上の名は、清《さやか》様では……」

「そうです。先年亡くなりましたが」

「やはり……。私は何度も、清様の脈を取らせて頂いたことがございました。さすがにお母上に似て若殿様も見目麗《うるわ》しい。特に涼やかな目元はそっくりでございます」

「ぎょ、玉栄さんは典医だったのですか。とにかく、お手を」

小太郎が恐縮して言うと、ようやく玉栄も顔を上げた。

「御典医、結城玄庵《ゆうきげんあん》が私の師に当たります。私はその見習いでした」

玉栄が、後ろの位牌を指して言った。それが結城玄庵なのだろう。してみると師弟は早くに脱藩し、ここ市ヶ谷に住んでいたようだ。

「私は十八、清姫様は十七。実に気高く美しい方で私のような者にもお優しく接して下さいました」

「驚きました。玉栄さんがうちの藩士で、母までご存知だったとは。でも、どうか、単に遊学中の若輩として扱ってください。特に父からは、身分を秘して世の中を見てこいと言われておりますので」

「では、先ほどまでの普通の話し方でよろしゅうございましょうか」

「もちろんです」

「ああ、良かった」

玉栄は、いきなり胡坐に戻り、

「たまには武家に戻るのも乙《おつ》な気分だ。あははは！」

大口を開けて笑ったので、つられて小太郎も笑った。やはり、ざっくばらんな方が小太郎も気が楽だった。

「するってえと、清様に婿《むこ》入りした方が殿様ってわけだが、ご立派な方なんだねえ」

「父は、親戚筋の坂田《さかた》家から来たのです。小田浜の城と江戸屋敷しか知らないのは良くないから、一年ばかり勝手にしろと」

「ああ、できることじゃないよ。では、さっきのお転婆もそれは知らんのだな」

「ええ、単なる頼りない藩士と思っていることでしょうね。でも女ながらに剣の腕が立つから、父は護衛のつもりでつけたのかもしれません。圭さんは、一応私を、自分より上士の家柄とは思っているようですから」

「うーん、面白い。今は少々の無礼は目をつぶってやるといいよ。あとで若殿と知れたときの顔が見ものだ」

玉栄は言い、悪戯《いたずら》っ子のような笑みを浮かべた。

「それで、まだ何もやってないのかい？」

「な、何をです……」

「色事だよ。そうなあ、三日では無理か。もっともあのお転婆以前に、まだ誰も女を知らないだろう。ならばこれをやろう」

玉栄は言い、後ろの棚から一冊の枕草紙を出して小太郎に渡した。

「これは、私が絵を描き、文は結城玄庵こと幽気幻斎《ゆうきげんさい》が書いたものだ。多くの女たちをじかに体験し、事細かに女のしくみや扱い方が記してある」

「はあ、有難うございます……」

どうやら医者の師弟は、江戸で枕絵師と戯作者になっていたようだ。

確かに、こうした本は有難い。今までは見聞きしたこともなく、もちろん十六にもなれば一人前に手すさびもし、精汁を放つ快感にも目覚めたばかりなのである。

早く触れてみたいという気持ちは日に日に絶大になってゆき、長屋住まいを始めてからも、思うのは圭と志乃の面影ばかりだった。

「では、私はそろそろ」

「ああ、お転婆はまだ稽古中だろう。道場を覗いてみるといいよ」

玉栄も長く引き止めず、もう一度居住まいを正して頭を下げた。

「ここへは、いつでもご遠慮なく」

「有難うございます。ぜひまた」

小太郎は言い、貰った艶本を懐《ふところ》に入れて立ち上がった。

やがて藤乃屋を出た小太郎は、本当は早く長屋に戻って本を開きたかったが、やはり圭を迎えに行った方が良いだろう。一人で帰ってしまえば、また不機嫌になるに決まっているのだ。

別に、同じ長屋に住む義務もなかったのだが、何となく一緒に行動するのが常のようになり、それで最初に会ったとき玉栄も、許婚同士かと勘違いしたのだろう。

とにかく小太郎は、玉栄と知り合えたことが嬉しく、足取りも軽かった。

玉栄も、元藩士だったというが、小太郎が訪ねてもそれほど堅苦しい思いはしないだろう。最初こそ礼を尽くして平伏したが、本来は気さくな人柄のようだし、武士を離れて二十年以上と言うから、きっと父や家臣たちの知らない世界をいろいろ教えてくれるだろうと思った。

人に聞きながら牛込方面へ行くと、商家の並びの途切れたあたりから撃剣の響きが聞こえてきた。そちらは、商家と武家屋敷の立ち並ぶ境の一角だった。

道場の武者窓から覗いてみると、確かに中は女たちばかり。甲高い気合を発し、白い稽古着に赤胴を着けた武家の子女たちが、懸命に竹刀を振るっていた。

内部は熱気に満ち、男たちの道場では決して感じることのない、甘ったるい芳香が生ぬるく漂って小太郎の鼻腔を心地よく撫《な》でた。

すると、一人が稽古の手を休めて窓に近寄ってきた。

「立ち見は非礼だぞ。中へ入れ。知り合いが来るからと話は通してある」

面金の中から言ったのは圭だった。

小太郎は玄関に回り、中庭を通過して道場に入った。屋敷内にも道場はあり、あまり稽古は好きではなかったが、女たちばかりとなれば話は別だ。まず自分まで稽古させられることはないだろうし、女たちの匂いが妖《あや》しく股間に響いてくることも、実に新鮮な発見だったのだ。

一礼して入ると、

「こちらへ」

道場主らしい女性が師範席から呼んでくれた。小太郎は女たちの間を通り抜け、濃厚な女臭に顔を熱くしながら、師範席に端座した。

「浜田小太郎です。圭さんがお世話になっております」

「当道場のあるじ、池野松枝《まつえ》です。圭さんは大変にお強い。毎日でも来て頂きたいと存じます」

松枝は、まだ四十前だろうか。目を細めて稽古を見ながら言った。かなり圭を気に入ってしまったようだ。してみると圭の剣技も、藩内だけでなく、どこへ出ても通用する大したものだったらしい。

もっとも門弟の全てが、旗本や御家人の子女たちで、お花やお茶などの習い事のついでに武芸も少々習っておこうという程度らしいから、剣一筋に生きてきたような圭からすれば、苦もなくあしらえるのだろう。

「お二人とも、ご遊学中とか」

「はい」

「ならば、圭さんに来て頂けるならば、お家賃ぐらいのお礼はさせて頂けますが」

「はあ、本人と相談してくださいませ」

「浜田様は、剣の方は？」

「私はからきし」

「左様ですか。もし、浜田様にもお越し願えれば、門弟たちの励みになるのですが」

「え？　なぜ」

「浜田様が、ここへお座りになった途端、みなの技がてきめんに冴《さ》えてきましたので」

松枝が、優雅な笑みを浮かべて言った。剣術というよりお花の師匠のような優しげな雰囲気があるが、凜《りん》として筋も一本通っていた。今はあまり稽古はせず、師範席に座して指導するだけのようだ。

「お稽古はどうでもよろしゅうございます。お姿だけでも、たまにお見せになり、今のようにこうしてみなの稽古を眺めて頂けませぬか」

松枝は、本気で言っているらしい。どうやら女の門弟たちも、たまには男に見られた方が張り切るようだった。

「はあ、では、圭さんが来ることになるなら、私もたまに」

小太郎は、女たちの熱気に噎《む》せ返りながら答えた。

三

「小太郎……」

圭の囁《ささや》き声が聞こえ、壁が軽く叩かれた。

夕餉を終えて、床に就いた六つ半（午後七時頃）。もちろん小太郎はまだ眠っておらず、布団の上で玉栄に貰った艶本を熱心に見ているところだった。

色つきで細かに描かれた陰戸《ほと》の図や、女の感触や匂いの描写などに興奮していた小太郎は、感興を削《そ》がれたように不機嫌に答えた。

「何です」

「来て……」

「え……？」

言われて、小太郎は思わず顔を上げた。そして手すさびのため解きかけた下帯を結び直し、寝巻きを羽織ってきっちり帯を締め、窓を開けて物干し台から顔を出した。

すると、向こうも窓から顔を見せ、手招きをしている。

小太郎は二階の窓から出て、物干し伝いに隣の部屋へと移っていった。もちろん、このようなことは初めてだった。第一、圭の部屋にも入ったことはないのである。

空には煌々《こうこう》と月が照り、長屋の周囲にある商家の二階も暗く戸を閉ざしていた。誰も、長屋の二階の部屋を乗り移ろうとしている小太郎の姿を見ているものはいない。

やがて圭の部屋の窓に行くと、彼女は無言で小太郎を招き入れた。

今日は久々の剣術の稽古で暴れ、すっかり満足して早寝したかと思ったのに、圭の目は爛々《らんらん》と輝いているようだった。

「いったい」

「しっ……」

小太郎が言いかけると、すぐに圭が顔を寄せて彼の言葉を制した。やはり寝巻き姿の圭の身体から発する熱気と、ふんわりした甘酸っぱい息の匂いが感じられた。

稽古を終えてから水浴びもせず、僅《わず》かに手と顔を洗っただけなのだろう。圭の肌からは何とも悩ましい女の匂いが漂っていた。

とにかく圭の指す方に小太郎が目を向けると、壁越しに、

「あ……、ああ……、悠吾……」

と、志乃の艶めかしい声が聞こえてきたではないか。

どうやら隣の部屋で情交がはじまり、その声で圭は我《われ》を失うほど取り乱し、心細くなっ

て小太郎を呼んだようだった。

小太郎は、さっきまで読んでいた艶本の興奮も甦《よみがえ》り、激しく胸を高鳴らせてしまった。何しろ、男女の睦言を耳にするのは生まれて初めてのことなのである。

それは圭も同じようだった。

壁の向こうから聞こえる志乃の声は、ときに甘ったるく、ときには狂おしく響き、それに合わせてぎしぎしと床の鳴る音までが重なった。

むろん圭も、いかに無垢《むく》とはいえ十八なのだ。隣室で何が行なわれているかぐらい、小太郎以上に分かっていることだろう。

どうしたものか、小太郎は壁に耳を押し当てたい衝動と戦っていた。いっぽう圭も、隣室の興奮が伝染したように、熱い呼吸を繰り返しながらしっかりと小太郎の寝巻きの袖《そで》を握り締めていた。

志乃の喘《あえ》ぎは一向に止むことなく、むしろますます激しくなり、いつ終わるとも知れなかった。

ようやく年上として圭が決断し、口を開いた。

「ここでは眠れない。お前の部屋に行く」

彼女は言うなり立ち上がり、窓からひらりと外へ出てしまった。小太郎も、壁越しの喘ぎ声と圭の匂いの残る布団には未練があったが、自分ひとり残るわけにもいかず、すぐ後から続いた。

圭は危なげもなく物干し伝いに移動し、小太郎の部屋の窓で柵を乗り越えた。そのとき寝巻きの裾《すそ》が大きくめくれ上がり、むっちりとした白い太腿までが月明かりに照らし出され小太郎の視線を釘付けにした。

彼女はすぐに入り込み、小太郎も入って窓の障子を閉めた。本を読んでいたので行燈《あんどん》は点《つ》けたままだ。

すると圭が、いち早く艶本を見つけ、手に取って開いてしまった。

「あ、それは……」

「あの本屋で買ったのか。なんて嫌らしい……」

圭は奪い返されまいと背を向け、行燈の灯にかざしてぱらぱらとめくった。色とりどりの男女の性器や、その愛撫の仕方。興奮時の勃起や陰戸の濡れ方などが事細かに描かれている。

「田崎さんと志乃さんも、このようなことをしていたのだな……」

圭は志乃の喘ぎ声に興奮冷めやらぬように熱心に見入り、むしろ興奮を増したように肩で息をしていた。

たちまち小太郎の部屋に、甘ったるい女の匂いが濃厚に籠もりはじめた。

しかも寝巻きの胸元がはだけ、小太郎の位置からも意外なほどに豊かな膨らみが覗き、ぽっちりとした薄桃色の乳首まで見えた。

「お前みたいに小柄な男でも、淫気を催《もよお》せば、このように大きくなるのか」

圭が言い、すっかり上気した顔を上げた。ちょうど開いている頁《ページ》は、通常と勃起時の二種類の肉棒が描かれていた。

「はあ、その絵ほどではないと思いますが、普段よりは大きく……」

小太郎も、息を弾《はず》ませながら答えた。

圭が、挑みかかるような眼差《まなざ》しで言った。

「見たい。脱げ」

「え……？」

「お前などと情交するつもりはない。見るだけだ。早く」

言われて、とにかく小太郎は寝巻きを脱いだ。少々のためらいと羞恥《しゅうち》はあったが、それ以上に激しい興奮があった。

情交するつもりはなくても、薄暗い行燈の灯りの中で美女と二人、密やかに囁き合い、僅かでも淫靡な一時が共有できれば満足だった。もちろん見られるだけで終わろうと構わないし、さらなる発展にも期待が持てた。

寝巻きを脱ぐと、小太郎は下帯一枚で布団に仰向けになった。

「それも」

言われて、小太郎は震える指で下帯を解き、激しく勃起している一物を露出させた。

「立ってる。こんなに大きく……。小太郎、お前は私に淫気を覚えているのか」

圭が彼を睨《にら》み下ろし、怒ったように言った。おそらくは、生まれて初めて見たであろう勃起時の肉棒への衝撃と、必死に戦っているのだろう。

「し、志乃さんの声で淫気を催したのです……」

「そんな、さっきのことでまだ淫気が続くものか。お前は、私に淫らな気持ちを抱いているのであろう」

「ど、どう答えてよいものやら……。あると言えば失礼になるし、ないと言えば嘘になりますし……」

「お前は、私をどう思っているの」

圭は、艶本を置き、全裸の小太郎を見下ろしながら言った。視線が彼の顔と股間を交互に行き来しているようだ。

「厳しくて優しい姉のように思っております。圭さんは、私をどのように」

「父に言われた。世話になった方の子息だから、遊学中はつかず離れず面倒を見ろと」

「そうですか……」

「何か聞いていないか。互いの父親同士で、許婚にしようなどという取り決めがないかどうか」

「聞いておりません。でも、それでは嫌ですか」

「もちろん嫌！　剣も弱く身体も小さく、なよなよした男は大嫌い！」

圭は激しく言い放ちながらも、とうとう好奇心に負けて、そっと指先で肉棒を弾《はじ》いた。

「あ……！」

「痛いか」

「いえ、初めて人に触れられて、とっても良い気持ちが……」

小太郎は言いながら、もう一度触れてほしくて身悶《みもだ》えた。

「ゆばりを放つだけのものが、どうしてこのように太く長く……」

「それは、陰戸《ほと》に差し入れるためでしょう……」

「入るのか、このように大きなものが……」

圭は、いつしか囁くように声をひそめながら、もう一度指を伸ばしてきた。

しかし一物には触れず、彼の下腹から胸へと撫《な》で上げ、肩から腕まで順々に手のひらを這《は》わせてきた。

「女のように綺麗な肌……、腕も、私より細い……」

圭は呟《つぶや》きながら、小太郎の首筋から頬に触れてきた。

「よいか。お前からは決して何もするなよ……」

圭は彼の目を覗き込んで囁き、小太郎が小さく頷《うなず》くと、そのまま屈《かが》み込んできた。

ぴったりと唇が重なると、小太郎は唐突な感触に思わず全身を硬直させた。

目の前いっぱいに圭の美しく白い顔が迫り、切れ長の眼がじっと彼の目の奥を覗《のぞ》き込んでいる。

その視線が眩《まぶ》しいので薄目になりながら、小太郎は濡れて吸い付く柔らかな唇の感触とほんのり甘酸っぱい果実のような息の匂いで胸を満たした。

やがて触れ合ったまま口が開かれ、そろそろと圭の舌が伸ばされてきた。

舌先が彼の歯並びをたどり、小太郎が前歯を開くと、それはさらにぬるっと奥まで侵入してきた。

小太郎はおずおずと舌を触れ合わせ、圭の舌に吸い付きはじめていった。

四

「ンンッ……！」

圭が小さく鼻を鳴らし、熱くかぐわしい息を弾ませながら激しく舌をからめてきた。

注がれる唾液は生温かく、とろりとした適度な粘り気と滑らかさに満ちていた。

小太郎はうっとりと力を抜きながら、圭の口づけを受け、今にも漏らしてしまいそうなほど淫気を高めた。

圭も、執拗《しつよう》に口を密着させながら彼の頬を撫で、果てはぐいぐいと寝巻き越しに胸の膨らみまで彼に押し付けはじめていた。

どれぐらい長く口吸いが続いただろう。ようやく離れたときには、部屋の空気がひんやりと感じられるほどだった。

「暑い……」

圭は行燈の灯を吹き消してから、言い訳のように呟くと、自分も帯を解いて寝巻きを脱ぎ去ってしまった。

「どうして良いか分からない……。お前、あの本を読んだのだろう……」

添い寝しながら囁き、さらに月明かりの中で腰巻まで取り去ったようだった。

「し、してもよろしいのですか……」

「情交はしない。だが、じっとしていられない妙な気分だ……」

圭は、おそらく初めて淫気を高めており、自分でもどのように行動して良いか分からないようだった。

「ご自分でオサネをいじったことは？」

「オサネとは……」

「私も見たことはありませんが、さっきの本では、陰戸の上の方にある小粒の豆で、いじると、たいそう気持ち良くなる部分らしいです」

「自分でいじるのか……」

「本では、男がいじり、あるいは舐《な》めると女は非常に喜ぶようです」

「舐める……？　男が女の股座《またぐら》を……？」

「ええ、足の裏も陰戸も尻も、全て舐めるものだと書かれていました」

「信じられぬ……。そのようなこと、できるのか……」

圭は、すっかり興奮に喘ぎ、無意識に彼の肌に乳房を押し付けていた。

「できますよ。私も圭さんになら……」

「なぜ、そのような不浄なところを舐めることができるのだ……」

「それは、私は圭さんが好きだからです」

「私は、お前が嫌い……」

「ならば、なおさらお気遣いなく、私に舐めさせることができるでしょう」

「本当に、してくれるのか……」

圭が、心細げに声を震わせた。

小太郎は返事の代わりに身を起こし、障子越しに射す月明かりを頼りに、圭の下半身へと移動していった。

圭は神妙に仰向けになり、両手で胸を押さえながら身体を投げ出していた。さすがに鍛《きた》え抜かれた腹部は引き締まり、逞《たくま》しい脚はすらりと長かった。股間には、ふんわりとした若草の翳《かげ》りがあり、全身からは甘ったるい芳香が立ち昇っていた。

小太郎が足元に屈み込むと、

「ああ……」

圭は彼の息を感じたか、小さく声を洩《も》らして肌を強《こわ》ばらせた。

小太郎は彼女の爪先《つまさき》に鼻を当て、足裏に舌を這わせはじめた。道場の床を踏みしめる足裏は硬く、ほんのりと温かく汗ばんでいた。指の股も汗と脂《あぶら》に湿り気を帯び、ほのかな匂いを籠もらせている。

　舐めてみると、実に何も抵抗がなかった。むしろ、やがて藩主になるであろう自分が、家臣の女の足裏を舐めることに、言いようのない興奮を覚えた。

　小太郎は次第に夢中になって舌を這わせ、果ては彼女の爪先を含み、指の股にぬるりと舌を割り込ませた。

「あう……！　く、くすぐったい……」

　圭はびくっと顔をのけぞらせて口走ったが、決して拒《こば》みはしなかった。

　小太郎は、うっすらとしょっぱい味が消え失せるまでしゃぶり尽くし、もう片方の足裏や爪先も舐め回した。

「い、嫌ではないのか。このようなこと……」

　言われたが、小太郎は返事の代わりに彼女の脚を開かせ、その間に腹ばいになって顔を進めた。圭も口を閉ざし、激しい羞恥と緊張に全身を硬直させていた。

　むっちりと張りのある内腿の間に顔を進めると、中心部から発する熱気と湿り気が、生ぬるく悩ましい匂いを含んで小太郎の顔に吹き付けてくるのが感じられた。

「さあ、もっと脚を開いてください。初めてなので、中まで見せて頂きますよ」

　小太郎は言い、彼女の両膝を全開にしながら、月明かりにかざして股間の真ん中に目を凝《こ》らした。

「アア……、は、恥ずかしい……」

圭が、女武芸者とも思えないか細い声で言った。

しかし小太郎は、生まれて初めて見る女体の神秘に心を奪われていた。

股間の丘に煙る若草は楚々《そそ》として、真下の割れ目からは薄桃色の花びらが僅《わず》かにはみ出していた。すでに、そこは大量の蜜汁に熱くねっとりと濡れ、何とも艶《なま》めかしい芳香を放っていた。

そっと指を当てて開くと、圭の内腿がびくっと震えた。

濡れた陰唇が広がるとき、かすかにぴちゃっと湿った音がして、中の柔肉が丸見えになった。桃色のお肉は妖しく蠢《うごめ》き、下の方では細かな襞《ひだ》に囲まれた陰戸の穴が可憐に息づいていた。

上の方には小指の先ぐらいの包皮の出っ張りがあり、その下からは小豆《あずき》ほどの大きさのオサネが顔を覗かせ、つやつやとした光沢を放っていた。

(これが陰戸の全てなのだ。何と美しい……)

小太郎は感激しながら思った。ほぼ、玉栄にもらった艶本の図解と同じだが、やはり本物の方がずっと艶めかしく、神秘的だった。

やがて彼は、かぐわしい体臭に吸い寄せられるように顔を寄せ、圭の股間に鼻と口を埋め込んでしまった。

「あぁッ……！」

圭が声を上げ、ぎゅっと内腿で彼の顔をきつく締め付けてきた。

柔らかな茂みに鼻を押し付けると、何とも甘ったるい匂いが隅々に籠もっていた。大部分は汗の匂いで、それに残尿や淫水の成分、股間で蒸《む》れた体臭などの諸々《もろもろ》が混じり合い、何ともいえない芳香となって彼の胸を酔わせた。

舌を這わせて陰唇の内側を探り、さらに奥へと潜り込ませると、ぬるっとした柔肉に触れた。

足の裏以上に、女の股座に顔を埋めていることがこの上ない悦びに思え、小太郎は夢中で圭の匂いを貪《むさぼ》り、濡れた柔肉を掻《か》き回すように舐め回した。

「あン……、こ、小太郎……、やっぱり、やめて……、いけない……」

圭はがくがくと全身を震わせながら切れぎれに口走ったが、小太郎の舌がこりっとオサネを舐め上げると、

「アアーッ……！」

声を上げた圭の全身から、すうっと力が抜けていってしまった。

やはり本に書かれていた通り、オサネは生娘《きむすめ》だろうと年増だろうと、女なら誰もが感じる重要な部分のようだった。

小太郎も舌先をオサネに集中させ、弾くように舐め上げ続けた。

そのたびに圭は喘ぎ、びくんと腰を跳ね上げるように反応した。たまに舌先を割れ目内部に戻すと、淫水の量が段違いに増し、淡い酸味を含んだ蜜汁が心地よく小太郎の口に流れ込んできた。

小太郎はさらに彼女の両脚を抱え上げ、白い尻の谷間にも鼻と口を押し付けていった。

別に、本に書かれていなくても、舐めてみたいと思っていた部分である。

顔中に、張りのある双丘がひんやりと密着して弾み、谷間からは汗の匂いに混じり、秘めやかで生々しい微香も感じられた。

このように美しい女でも、ちゃんと大小の排泄《はいせつ》をするのだということさえ、無垢な小太郎には新鮮な大発見に思えた。

可憐な桃色の肛門に舌を這わせると、細かな襞の震えが伝わってきた。

「ヒイッ……！　そ、そこは、堪忍……！」

圭は息を呑み、しきりに嫌々をして口走った。

しかし小太郎は彼女のもがく腰を押さえつけながら、執拗に舐めまわした。そして唾液にぬめった秘孔に舌先を押し込み、ぬるっとした内部の粘膜まで味わった。

「アア……、駄目……、汚い……」

圭の声は、もううわ言のように頼りなくなり、自分が誰と何をしているかさえ分からなくなっているようだった。

やがて小太郎は肛門から舌を引き離し、彼女の脚を下ろしながら、再び割れ目に舌を戻していった。割れ目はさらに大量の蜜汁が大洪水となり、小太郎はすすりながらオサネに吸い付き、執拗な愛撫を再開させた。

「ああーッ……、身体が、変に……、助けて……」

圭は喘ぎながら狂おしく身悶え、ひときわ激しく反《そ》り返って硬直すると、そのままひくひくと全身を痙攣《けいれん》させ、やがてぐったりと動かなくなってしまった。

五

「大丈夫ですか、圭さん……」

もう、どこに触れても、ぴくりとも反応しなくなった圭を心配して、小太郎は声をかけた。しかし、圭は完全に魂を吹き飛ばしてしまったように放心していた。

どうやら、オサネへの刺激で気を遣《や》ってしまったようだった。

小太郎は添い寝し、力の抜けている圭の腕をくぐって腕枕してもらい、甘えるように身体を密着させた。豊かな乳房が、荒い呼吸とともに上下し、淡い腋毛の煙る腋《わき》の下からも濃厚に甘ったるい芳香が揺らめいていた。

圭は初めての絶頂にすっかり満足していても、小太郎の方は暴発寸前にまで高まっている。どちらにしろ、たとえ自分の指を使ってでも射精しないことには、どうにも気持ちが治まらなかった。

圭の腋の下に顔を押し当て、胸がとろけてしまいそうに甘ったるい汗の匂いを嗅《か》ぎながら、小太郎は汗ばんだ窪《くぼ》みに舌を這わせた。

圭は、忙《せわ》しげに呼吸を繰り返すばかりで反応はなかった。

小太郎は、それを良いことに乳房にも手のひらを這わせ、充分に腋の下を舐めてから、また再びそろそろと身を乗り出し、乳首を含んでしまった。

「く……！」

小さく圭が呻《うめ》き、ぴくりとした微かな反応があった。徐々に、我に返りはじめてきたのだろう。

小太郎は乳首を舌で転がし、膨らみに顔全体を押し付けて柔らかな感触を味わった。乳首はこりこりと硬くなり、小太郎は唇に挟んで強く小刻みに吸い上げた。

「い、痛い……」

「あ、済みません」

小太郎は謝り、強く吸うのをやめて舐めまわすだけにした。生娘には強い愛撫は刺激が大きすぎ、優しくした方が良いのだろう。

もう片方の乳首も含んで舌で弾くように舐め、さらにじっとりと汗ばんだ胸元にも舌を這わせた。

すると圭が手を伸ばし、彼の股間に触れてきた。

「あ……」

小太郎は唐突な快感に愛撫を止め、圭の指の動きに身を任せた。

汗ばんだ手のひらが、やんわりと肉棒全体を包み込み、もみもみと優しく動かしてくれた。その刺激に一物は最大限に膨張し、彼女の手の中でひくひくと動いた。

「ね、小太郎……、入れてみて……」

「い、いいんですか……」

圭が指を離し、ぽつりと言った。

「試してみたい……。舐められたときも、天にも昇るほど気持ち良かったが、一つになればもっと良いのだろう。志乃さんが、激しく声を上げていたように……」

「ええ、でも最初は痛いと思います」

「構わぬ。早く、そうした気持ちになってみたい……」

圭が言うので、小太郎もその気になってきた。

「わかりました。では」

小太郎は決心して言い、身を起こした。

再び仰向けの圭を大股開きにさせ、その真ん中に身を置いて股間を進めていった。

いよいよ女体を経験するときが来たのだ。緊張と興奮に暴発しないよう気を引き締め、
小太郎は幹に指を添えて先端を割れ目に押し当てた。

そのまま何度か亀頭をこすり付け、淫水のぬめりを与えてから位置を探った。

案外下の方なので、彼女の両膝を抱え上げ、ようやく場所を定めることができた。

圭は神妙に目を閉じ、息を弾ませてそのときを待っている。

小太郎は、ぐいっと力を入れて先端を押し込んでいった。

張り詰めた亀頭が、ぬるっと陰戸を丸く押し広げて潜り込むと、

「あうッ……！」

圭が顔をしかめて呻《うめ》いた。

しかし先端が入ってしまうと、あとはぬるぬるっと滑らかに呑み込まれていった。

小太郎は、その摩擦快感のあまりの心地よさに思わず息を詰め、暴発を堪《こら》えて奥歯を嚙《か》み締めた。

これが情交というものなのだ。女の柔襞の感触は、やはり自分の指などの何百倍もの快感をもたらしてくれるのである。

小太郎は根元まで深々と貫き、ぴったりと股間同士を密着させながら感激に打ち震え、身を重ねていった。

圭も、支えを求めるように下からしっかりとしがみついてきた。

内部は熱く濡れ、柔肉が吸い付いてくるようだった。動かなくても、膣内が締め付けながらもぐもぐと収縮し、肉棒を奥へ奥へと吸い込むような蠢動を繰り返していた。まるで歯のない口にでも含まれ、強く吸われているような快感だ。

恥毛がこすれ合い、汗ばんだ肌全体も彼を包み込むように吸い付いていた。胸の下では柔らかな乳房が弾み、形良い唇からは甘酸っぱい息が弾んでいる。

「痛いでしょう。無理なら止めますが」

小太郎は、快感を抑えながら言った。

「い、痛くはない……」

圭が健気《けなげ》に答えるので、小太郎は小刻みに腰を突き動かしはじめた。

さすがに穴は狭いが、大量の潤《うるお》いがあるので動きは滑らかだった。しかも次第に激しく前後運動をするうち、ぴちゃくちゃと湿った淫らな音さえ響きはじめた。

「どうです、痛いでしょう」

小太郎は、もう留める気も失《う》せているくせに言いながら、さらに動きを速めていった。

「く……、止めなくてよい……、アアッ！」

圭は必死に歯を食いしばって答えた。このような場で、剣術のような負けん気を出さなくても良いと思うが、痛いかと聞かれると懸命に拒む性格なのである。

やがて小太郎も激しく高まり、言葉を発する余裕すらなくなって、快感に専念していった。最初は要領を得ずに、ぎこちなかった動きも順調になり、ややもすれば抜けそうになることも減って、彼はすぐにも情交のコツを会得したようだった。

たちまち小太郎は快感に包まれた。まるで一物のみならず、全身そのものが美女の温かく柔らかな肉に包まれて、蜜汁にまみれて揉みくちゃにされているような心地よさが襲ってきた。

「ああっ……、圭さん……！」

小太郎は思わず口走りながら気を遣り、もう圭を気遣う余裕も吹き飛び、股間をぶつけるように動き続けた。同時に、熱い大量の精汁が勢いよく内部にほとばしり、彼は身を震わせながら圭を抱きすくめた。

「アアッ……、小太郎……！」

圭も、絶頂には程遠いだろうが、一体となった精神的な悦びに口走り、彼の背に爪まで立てて応《こた》えてくれた。

小太郎は最後の一滴まで放出しつくし、ようやく腰の動きを止めた。そのまま圭に身を預け、かぐわしい吐息に包まれながら、うっとりと快感の余韻に浸った。

圭も力を抜き、ぐったりと身を投げ出した。まだ深々と納まったままの肉棒が、思い出したようにぴくんと脈打つと、

「あん……」

圭が小さく声を洩らし、応えるようにきゅっときつく締め付けてきた。

やがて呼吸を整えると、小太郎はゆっくりと身を起こし、股間を引き離していった。

「う……」

ぬるっと引き抜くときも、圭は声を洩らして息を詰めた。

小太郎は満足げに萎《な》えかけた一物を手早く懐紙で拭《ぬぐ》ってから、圭の股間に顔を寄せた。

割れ目全体は淫水にまみれ、新鉢を割ったばかりの膣口からは、白濁した精汁が逆流し

ていた。それに混じり、赤い血の糸も走っている。やはり鍛えた肉体でも、初回の陰戸は裂けて出血してしまったようだ。

そっと懐紙を当ててぬめりを吸い取り、小太郎は肛門の方にまで垂れた淫水を優しく拭ってやった。

「大丈夫ですか」

「大事ない……。もっと良くなる兆《きざ》しも、感じないではなかった……」

圭は答えながら、それ以上股間を見られるのを恥じらうように、横向きになって身体を丸めた。

処理を終えた小太郎は、互いに全裸のまま再び添い寝し、二人の身体に搔巻《かいまき》をかけた。

すると圭がこちらを向き、しっかりとしがみついてきた。甘えるように彼の胸に顔を押し当てるので、小太郎も腕枕してやった。

肌に熱い息と温もりを感じていると、またすぐにもむくむくと回復してきそうになったが、ふと小太郎は、圭の肩が嗚咽《おえつ》に震えていることを知った。

年上の圭が、自分の胸で泣いている。それは実に感動的だった。

決して後悔ではなく、女として初めての体験を終えて、諸々の感情が湧《わ》き上がってきたのだろう。

小太郎は黙って圭の肩を抱き、もう一回したくなった淫気を必死に抑えるのだった。

「小太郎、もっと強く抱いて……」

圭が、彼の胸で囁いた。

小太郎はしっかりと抱きすくめ、彼女の甘い髪の匂いを感じながら、再び勃起してくるのを悟られないよう僅かに腰を引いた。

「今夜の私は、どうかしている……」

ようやく泣き止むと、圭は吐息交じりに呟いた。

「いいですよ。何も考えず、今夜はもうこのまま寝ましょう」

小太郎は言い、実際彼女の寝息が聞こえてくるまでじっとしていた。

第二章　妖艶な新造の手ほどき

一

「ああ、あの二人は圭さんが察したとおり、駆け落ちだ」

玉栄が言った。

圭が池野道場へ稽古に行ってしまったので、小太郎は藤乃屋に遊びに来ていた。本当は彼も池野道場に顔を出さねばならないのだが、稽古中ずっと座って見ているのも面倒なので、少し遅れて行こうと思ったのだ。

小太郎が訪ねても、もう玉栄は恐縮した態度は見せず、気さくに迎えてくれたので彼も気が楽だった。

それで小太郎は気になっていた、田崎悠吾と杉山《すぎやま》志乃の関係を聞いていたのだ。

「そうですか。では夫婦になるのですね」

「いや、志乃さんはそれを望んでいるが、田崎さんは主筋の娘に対して気後れを抱いて、ためらっているようだ。そして実は、志乃さんの方も一人の男で済むほどおとなしくはない、実に多情な性を持った女なのさ」

「え？　そうなのですか」

「ああ、おいおい分かってくるだろうさ。小太郎さんにも、そのうち順番が回ってくるかもしれん。そのときは、何でも受け入れて勉強するといい」

玉栄が、茶を淹《い》れてくれながら言った。今日は奥の離れではなく、店の帳場に続く座敷である。どうせ昼間の客は少ない。立て込むのは、男たちが仕事帰りに春本を買う夕刻のようだった。

「手習いの子供だけでなく、たまに十五、六の女の子が出入りしているようですが」

「ああ、あれは綾《あや》ちゃんと言ってな、浅草《あさくさ》で薬種問屋をしている丹波《たんば》屋の女中だ。田崎さんは、手習いの他に丹波屋さんからの仕事もたまに請け負っているのだ」

「それは、どのような仕事ですか。私も、手習い以外にお手伝いできるようなことがあればと思っているもので」

「あはは、できるかな。淫気の高まったご新造たちを慰める仕事さ。もちろん志乃さんには内緒だがな」

「そ、それは……」

「そう、色事の道さ。田崎さんも、ああ見えて決して堅物ではない。もっとも、源太《げんた》という仲間が始めた仕事だがな、一人では手が足りぬほど飢《う》えた新造が多いということさ」

玉栄は気楽な口調で言っているが、小太郎には驚きの連続だった。

市井《しせい》では、そのようなことがあけすけに罷《まか》り通っているのだろうか。

「その、源太さんというのは、どのような方ですか」

「丹波屋の世話で、四《よ》ッ谷《や》に家を構えている。お光《みつ》さんという女と暮らしているが、彼女は志乃さんに仕えていた女中だ。四人とも同郷でな、源太は今うちで戯作もやってもらっておるが、ああ、来た来た」

玉栄が伸び上がって言ったので小太郎も振り返って見ると、ちょうど一人の男が入ってきたところだった。歳《とし》は十八、九か。縦縞の着流し姿の色男だ。どうやら、これがいま噂《うわさ》していた源太という男らしい。

「先生、仕事が上がったので持ってきました。おや珍しい、若いお客さんですな」

源太は言いながら、風呂敷包みを玉栄に渡し、勝手に上がり込んで長火鉢の鉄瓶から茶を淹れた。

「小太郎さん、これがいま言っていた源太だ」

「なんだ。私の噂でしたか。こちらは？」

源太は、若くても大小を差している小太郎に、いちおう姿勢を正して言った。

「わしが武士だった頃、大変お世話になった方のご子息でな、浜田小太郎さんという。田崎さんと同じ長屋に住むようになったのだ」

「そうですか。そうそう、先生は侍だったんですよね。私も少しの間やってましたが。源太と申します、よろしく」

彼は気さくに言ってぺこりと頭を下げた。

「少しの間、武士だったのですか」

「ええ、詳しくは、これをお読みになってくださいな」

源太は言い、春本を一冊小太郎に差し出してきた。その表紙には、『はだいろ秘図』と書かれている。

「そうそう、それを読めば田崎さんや志乃さんのことも分かる」

玉栄も言い、すすめるので小太郎は押し頂き、懐に入れた。

「どうだ。お光さんとはうまくやっているか」

「はあ、憧《あこが》れの武家の女ですが、年中一緒に居るとなると、どうにも妹のような感じになって淫気が薄れます。やはり男女の仲というのは、適度な隔《へだ》たりが大事ではないかと」

「何を言いおる。まだケツの青いガキのくせに」

玉栄が笑って言った。

どうやらこの師弟は、枕絵師と戯作者という関係もあり、色事に関しても包み隠さず話すようで、見ていた小太郎は実に羨《うらや》ましく思った。何しろ小太郎には今まで、男女のことを話すような相手など、ただの一人もいなかったのだ。

「ときに、丹波屋さんは元気にしているか」

「ええ、大店《おおだな》のご亭主たちには媚薬を売って、飢えたご新造たちはこちらに任せ、まさに左団扇《うちわ》ってやつですね。後妻のおイネさんの淫気も落ち着いたようだし、あとは坊ちゃんが一人前になって跡さえ継げば、悠々自適の毎日が送れましょう」

「そうか、もしこれから行くのなら、小太郎さんを連れて行ってはくれないか」

玉栄が言うので、小太郎は驚いて顔を上げた。

「構いませんが、何の御用で」

「小太郎さんはご遊学中だからな、今は世のいろいろな生業《なりわい》を見てまわるのが仕事だ」

「そうですか。そういうことならご一緒に」

源太は言い、すぐにも立ち上がった。小太郎も大刀を握って慌《あわ》てて立ち上がり、

「では、これにて」

玉栄に挨拶《あいさつ》して店を出た。

「じゃ、のんびり参りましょうか。丹波屋は変わった薬種問屋だから、きっと勉強になることでしょう」

源太は言い、小太郎も並んで歩きはじめた。

しかし市ヶ谷を出て飯田橋《いいだばし》に差しかかったところで、源太は、ちょうど通りかかった二挺の辻駕籠《つじかご》を拾った。のんびり行こうと言いながら、やはり浅草まではかなりある。戯作と新造の淫気を鎮めるという裏稼業で実入りも良いのだろう。それに育ちの良さそうな小太郎が、疲れてはいけないと考えてくれたのかもしれない。

調子が良さそうに見えて、案外思いやりのある男なのだなと、駕籠に乗り込みながら小太郎は思った。

今日は暑いぐらいの陽気なので、風に吹かれて駕籠に揺られるのは実に心地よかった。

駕籠から、町の様子を眺めた。物を売る人、買う人、急ぎ足の人、のんびり散歩している人、喧嘩《けんか》している子供。金持ちも貧乏人もみな活気があり、日々の生活に一生懸命な様子だった。

戦《いくさ》はないし、大きな地震や火事さえなければ平穏であり、また災害があったとしても、みな力強く立ち直っていくのだろう。

小太郎は、本当に江戸屋敷と小田浜城の二つの世界しか知らないのだ。しかも小田浜に行ったのはまだ二回だけ。この十六年のほとんど、江戸屋敷から出ることもなく、たまに外出することがあっても品川《しながわ》にある下屋敷ぐらいのもので、見る街々の風景のどれもが物珍しかった。

してみると、外へ出ろといった藩主である父の言いつけは、彼の成長に大きな役割を担《にな》っているのだと、あらためて実感した。

何しろ屋敷を出て三日目、すなわち昨夜には女体を知ることとなったのである。

まだ小太郎の身体の隅々には、圭の艶めかしい匂いや感触が残っていた。

一緒に寝たまでは覚えているが、朝になると圭の姿は寝床にはなかった。彼が目覚める前に、圭は来たように窓から自分の部屋へと戻っていってしまったのだろう。

効率よく朝餉《あさげ》は一緒に取ることになっていたが、今朝の圭の態度はどこか余所余所《よそよそ》しかった。

しかし後悔ではなく、やはり肌を重ねた翌朝なので、圭も決まりが悪かったのだろう。

あまり話すこともせず、圭は道場に行ってしまったのだった。

やがて本郷《ほんごう》を抜けて、駕籠は浅草に入った。

そして先を行く源太の駕籠が、伝法院《でんぼういん》の手前で停まった。続いて小太郎も降りると、源太は二挺分の足代を支払い、

「こちらです」

先に立って路地に入っていった。

内藤新宿とは、また違った賑わいがここにはあった。雑多な印象のある新宿と違い、浅草は小綺麗な店が立ち並び、行き交う人たちもお洒落《しやれ》で垢抜《あかぬ》けた感があった。

源太について、路地を抜けると、そこはまた別の通りだ。大通りとはまた違う、通な人が通う一角のように、少し秘密めいた雰囲気があった。

それは正面にある、丹波屋の大きな看板のせいだろう。天狗《てんぐ》の顔が描かれ、通常の薬以上に、強壮、回春を謳《うた》った色とりどりの派手な宣伝が目立っていた。なるほど、大きな店で、かなり流行《はや》っているようだった。

金持ちそうな初老の客で立て込んでいる店内に入らず、源太は脇から直接玄関へと向かった。

「あ、源太さん、こんにちは」

訪《おとな》うと、すぐに女中の綾が出てきて挨拶した。何度か田崎悠吾の長屋にも訪ねてきているので、小太郎も見知っていたが、彼女も覚えていたのだろう。怪訝《けげん》そうにしながらも、小太郎に対しても小さく頭を下げた。

「旦那さんに会いたいんだ。玉栄先生から紹介されたお客様をお連れしたと」

源太が言うと、綾はすぐ奥に引っ込み、丹波屋の当主らしい恰幅《かっぷく》のよい男が出てきた。

「おや、源太さん、お連れさんですか」

「こちらは浜田小太郎さんです。玉栄先生のお知り合いで」

「そうですか。私はあるじの彦十郎《ひこじゅうろう》と申します……」

彼は柔和《にゅうわ》な笑みを浮かべて挨拶をしたが、ふと、小太郎の顔に目を留め、何かに気づいたようだった。

「綾、源太さんにいつものお仕事のご案内をしておくれ。ささ、浜田様は奥の方へ」

彦十郎は綾に言いつけると、すぐに源太はそちらへと行き、小太郎は一人だけ奥座敷へと通されてしまった。

二

「あらためまして、丹波屋彦十郎にございます」

彦十郎が、玄関での軽い挨拶とは打って変わり、小太郎を上座に据えて深々と平伏して言った。

「そんな、どうかお手をお上げください。私はただ、後学のためお店を見せてもらいに伺《うかが》っただけですから、お忙しい旦那さんはどうかお仕事の方へ」

小太郎は恐縮して言ったが、彦十郎は顔を上げなかった。

「喜多岡様の若殿様でございますね」

「え……、なぜそれを」

小太郎が驚いて言うと、彦十郎は、ようやく恐る恐る顔を上げて答えた。

「小田浜藩のお殿様には、ご別懇《べっこん》にして頂いております。先月、お屋敷で茶の湯を催された折り、私めもご招待に預かり、そのときに若殿様をお見かけ申しました」

確かに先月は茶会を行なった。父は付き合いのある大名のみならず、多くの出入り商人も招いたのである。

丹波屋が父と懇意とは初耳だったが、あるいは奥を亡くし、唯一の子が小柄な小太郎だけでは心許《こころもと》ないと思い、側室たちにも子を儲《もう》けるよう強壮回春の薬を求めたのかもしれなかった。

それにしても、一瞥《いちべつ》しただけの小太郎を記憶しているとは、さすがは大店のあるじ、そうした才に長《た》けているのだろう。

「そうでしたか。確かに、私は喜多岡小太郎ですが、どうかご内密に。これを知っているのは玉栄先生だけですので」

「承知いたしております。しかし、お殿様はいかなるお心積もりで」

「屋敷だけでなく、一年ばかり広く外を見て来いと追い出され、今は田崎さんと同じ長屋に住んでおります」

「左様でございましたか。さすがはお殿様、ご見聞を広められるのは良い事と存じます」

彦十郎は言い、薬種問屋に関する説明もしてくれた。

薬草は近在の農家に委託をし、たまに使用人が取りに出向くようだ。もちろん通常の熱さましや頭痛薬、胃腸薬、目薬、灸《きゅう》なども取り揃えている。

「しかし、若殿様にはまだ必要ないものですが、私どもはそれ以外に媚薬、すなわち老年に差し掛かった男の回春薬を扱っております」

彦十郎は、丹波屋がここまで大きくなった理由を正直に話した。

強精剤は両国《りょうごく》の四つ目屋の長命丸や女悦丸などが有名であるが、これはどちらも男女の局部に塗布する薬だった。それに対し丹波屋では、地黄丸《じおうがん》という内服薬を売り出し、これが当たった。材料は、地黄、山薬《さんやく》（山芋を乾した粉）、牡丹皮《ぼたんぴ》（牡丹の根皮）、附子《ぶし》（トリカブト）などを調合したものである。

「それは、効くのですか。いや失礼。効くから売れるのでしょうね」

小太郎が言うと、彦十郎は相好《そうごう》を崩した。

「はい。薬というものは、効くと思って飲めば何でも効きます。そして、特に高価で手に入りにくいものほど、大店のご主人たちは有難がるようで」

彦十郎は言い、実際に立って縁側から庭に下りた。小太郎もついていくと、裏に並んでいる蔵を案内してくれた。

扉を開けると、蔵には多くの高麗《こうらい》人参や薬草、オットセイの陰茎や睾丸、竜骨（恐竜やマンモスの骨片）などが揃えられ、むっとする臭気が鼻を突き、とても入る気持ちにはなれなかった。

「すごい数の薬草ですね」

「ええ、常に効能別に並べられております」

彦十郎は、扉を閉めながら言った。氷室のような地下蔵には、人の木乃伊《ミイラ》まで保管されていると説明してくれた。

座敷へは戻らず、そのまま二人は縁側に並んで腰を下ろした。

「ときに、田崎さんや源太さんがお手伝いしている仕事というのは」

「ああ、それをお話しすると、お殿様に叱《しか》られてしまいます」

「ご新造たちの淫気を鎮めるとか」

「え……？　ああ、玉栄先生からお聞きでしたか。困ったものだ」

彦十郎は苦笑し、どこまで話してよいものか迷っているようだった。当然ながら彼は、まだ小太郎のことを無垢《むく》と思っているだろう。

「玉栄先生には、ご自身で描かれた枕草紙を頂きました」

「そうでしたか。まあ実際のことは別に、そうしたお勉強も必要でございましょう。いずれ嫌でも実際にするときが参りますから」

「そうですね」

「はい。むしろ藩主となられれば、跡継ぎをお作りになることこそ最も重要になって参りましょう。今しばらくご見聞を広められ、その上でご興味がおありならば、良い新造でも紹介いたしますので」

とにかく、今はまだ早いと言っているようだ。

「分かりました。では私は、他に行くところがございますのでそろそろ」

小太郎は縁から腰を上げた。

「あ、些少《さしょう》ですがお足代に」

彦十郎が急いで巾着《きんちゃく》を取り出したので、

「そんな、甘えるわけには参りません。来るときも源太さんに払って頂きましたので」

小太郎が固辞すると、彼も何とか巾着を懐中に戻して頷いた。

「では、どうかまたお越しくださいませ。いつでもお気軽に」

「有難うございます」

立ち上がって深々と頭を下げる彦十郎に挨拶し、そのまま小太郎は中庭を抜けて丹波屋を出た。

そして駕籠で来た道を、今度はゆっくりと歩きながら牛込に向かった。

まだ日は高い。上野《うえの》を観て回ろうか、あるいは駿河台の屋敷に立ち寄って休憩しようかとも思ったが、あまりゆっくりしていると圭の稽古も終わってしまうだろう。

結局本郷から飯田橋と最短距離を歩き、立ち並ぶ店先を眺めるだけで、小太郎は牛込の池野道場に行ったのだった。

しかし、僅かな差で稽古は終わってしまったらしく、圭も門弟の子女たちも帰ったばかりのようだった。

「まあ、今日はお越しにならぬかと思っておりました。あいにく、圭さんも今お帰りになったところです」

小太郎の姿を見た松枝が出てきて言い、せっかくだからと彼を中に招き入れてくれた。

道場から入り、防具の置いてある着替えのための部屋を通過するだけで、まだ生ぬるく残っている多くの女たちの汗の匂いが小太郎の身体の芯《しん》に伝わってきた。

道場と母屋をつなぐ小部屋が、松枝の私室になっているようだ。

六畳の部屋には文机に書物、小さな床の間には花も生けられ、女武芸者の部屋にしてはなかなか優雅な雰囲気である。ときに、稽古後には門弟の子女を集めて茶を淹れたりもするようだった。

「済みません。いろいろまわっているうち遅くなってしまいました」

「いいえ、構いません。圭さんも毎日来て頂けることになり、門人たちには大きな励みになりました。浜田様は、ほんのたまにお顔を出して頂ければそれで良いのです」

松枝は茶を点《た》てながら、あれこれと小太郎の家の話などを聞き、自分のことも話してくれた。

もちろん小太郎は、全て正直に答えるわけにいかないので、父親はさる藩の重役であるぐらいに話を濁しておいた。

松枝の父親は幕臣で、書院番の組頭《くみがしら》を務めている。亭主は婿養子で、その部下。十八になる一人息子は城内に住み込み、警護の勤務についているらしい。みな、滅多《めった》に家に帰らないし、松枝の母親はすでに無いようだ。だから彼女は一人で家を守り、あとは通ってくる門弟や、住み込みの奉公人たちと接しているだけらしい。

「先生は、お稽古をなさらないのですか」

小太郎は、松枝に訊いた。

二人きりだと、言いようのない熟《う》れた艶やかさが感じられ、むずむずと股間が妖しくなってしまった。

まして圭の肉体で女を知ったばかりだから、熟れた陰戸の具合も案外容易に想像がつくような気がし、大人の女というものは一体どのような感じ方をするのだろうと、つい、いけない方向へばかり妄想が膨らんでしまった。

「先生とは、私のことですか？　どうか松枝とお呼びくださいな。もう師範ではありません。先年、無理な稽古で足を痛めてからは、座して指導するだけにしております」

「そうでしたか」

「失礼して、足を崩させて頂きます」

松枝は言い、正座を崩して畳に尻を突いた。そして片方の膝を立て、足袋《たび》を脱ぐと両手で包むように足首を摑《つか》んで揉《も》んだ。

「この右足首が、今も痛むことがあります。師範席にいるときは、決して崩したいとは思わないのですけれど」

「え、ええ、どうかお楽に……」

いきなり間近に美女の素足を見て、小太郎は胸を高鳴らせていた。しかも片膝を立てているため裾がめくれ、白くむっちりとしたふくらはぎが丸見えになり、さらに太腿までがちらりと覗いているではないか。

腰巻の裾もめくれているため、ややもすれば陰戸まで見えてしまいそうな体勢だった。

「圭さんと浜田様は、どのようなご関係なのですか」

松枝が、足首を揉みながら言った。

「特に何も。彼女の父親が、私の父の部下なもので、同じ遊学の身として、何かと私を助けるよう言い付かったのでしょう。世話焼きで、私は姉のように思っております」

「そうですか。ならば恋仲というわけではないのですね」

「ええ、もちろん」

「それなら、浜田様が他の女と情を通じても構いませんね。たとえば私と」

松枝が言って顔を上げ、何とも艶めかしい流し目を送ってきた。

三

「まだ女をご存じないのでしょう。でも、知りたいと思う年頃のはずです」

松枝は言い、小太郎ににじり寄ってきた。

小太郎も、彼女の淫気が伝染するまでもなく、最前から激しい興奮に包まれていたが、まだ未熟な分ためらいと戸惑いが残っていた。

何しろ自分は、松枝の息子よりも年下なのである。それに剣術道場の女主人というから謹厳実直《きんげんじっちょく》な印象があり、長い修行で自身の淫気など、簡単に抑えられる人種と思っていたから、この様子は実に意外だった。

しかし松枝は、日頃女ばかりとしか接していないせいか、かなり激しい欲情に見舞われているようだった。

「初めて見たときから、どうにも可愛くてなりません。でも、もし私のような女が最初では、お嫌と仰《おっしゃ》るなら諦めますが」

勢いを持って迫りながらも、一抹《いちまつ》の不安を隠しきれないように松枝が言うと、やけにあどけない表情になった。いかに眉《まゆ》を落とし、お歯黒を塗っていても、女というものは、四十近くになっても少女のような面影は残っているものなのかもしれない。

「いえ、決して嫌じゃないです。松枝さんはとても美しいし……」

小太郎が言うと、松枝は嬉しげに、ぱっと顔を輝かせた。

「では、私がいろいろお教えしてよろしゅうございますね」

松枝は熱い息で迫りながら、とうとう正面から小太郎をしっかり抱きすくめて、ぴったったりと唇を重ねてきてしまった。

小太郎は、ほんのり濡れて吸い付く唇の感触を味わいながら、激しく胸を高鳴らせていた。熱く湿り気を含んだ息が甘く、それに鉄漿《かね》の成分か、うっすらと金臭い匂いが混じっていた。

昼日中で、あまりに間近な美女の顔が眩《まぶ》しく、小太郎は薄目になってうっとりと力を抜きながら、松枝の口吸いを受けていた。

やがて舌が伸びてきた。小太郎が前歯を開くと、それは中までぬるっと侵入し、慈《いつく》しむように彼の口の中を隅々まで舐めまわし、執拗《しつよう》に舌がからみついてきた。

注がれる唾液は温かくとろりとして、やはり無垢だった圭とは匂いも味も違うような気がした。

長い口吸いが終わると、小太郎はぼうっとなり、股間のみ激しく脈動していた。

「なんて、美味《おい》しい……」

松枝も近々と顔を寄せながら囁き、とろんとした眼差しで小太郎を見つめている。

そして彼女はいきなり立ち上がり、押入れから手早く布団を出して敷いた。どうやら本格的に開始するつもりらしい。

「ここへは誰も来ませんので、ご心配なく。さあ……」

松枝は言い、促《うなが》すように自分から帯を解きはじめた。稽古の後はこの部屋に門弟を呼んだり、あるいは松枝一人で休息する場合もあるようで、呼ばぬ限り使用人が来るようなことはないらしい。

小太郎も、もちろん否《いな》やはなく、すぐ脇差を抜いて置き、袴を脱ぎはじめた。

彼が下帯一枚になると、襦袢《じゅばん》姿になった松枝が手を引いて小太郎を仰向けにさせた。

「綺麗な肌……」

手のひらで胸から腹を撫でながら、彼女は下帯を解いていった。

やがて小太郎は全裸にされ、激しく勃起した一物がぶるんと弾けるように天を衝《つ》いた。

「まあ、なんて逞《たくま》しい……」

松枝は目を見張り、自分に対して淫気を抱いてくれたことが何より嬉しいようだった。

そのまま愛しげに肉棒を両手で押し包み、顔を寄せてきた。

「あ……！」

先端に口づけされ、小太郎は唐突な快感に思わず声を洩らした。

松枝は舌を伸ばし、僅かに粘液の滲《にじ》む鈴口から、張り詰めた亀頭を優しく舐めまわし、さらに幹をたどってふぐりにまでしゃぶりついてきた。

小太郎は全身を硬直させたまま、夢見心地の快感に喘《あえ》ぐばかりだった。

股間に松枝の熱い息が籠もり、彼女は大きく開いた口ですっぽりとふぐりを含み、睾丸を一つずつ舌で転がした。

玉栄の枕草紙には、こうした愛撫も載《の》っていたが、とても主に頼めることではなく、憧《あこが》ればかりが募《つの》っていた行為だった。それを松枝は自分から、大胆にしてくれたのだ。

ふぐりを満遍なく舐め、温かな唾液に濡らすと、松枝は中央の縫い目をつつーっと舌先でたどり、再び幹の裏側をゆっくりと先端まで這い上がってきた。

舌先が亀頭に達すると、今度は丸く開いた口ですっぽりと肉棒を含みはじめた。

喉の奥まで呑み込まれると、肉棒は温かな口腔に包まれ、たちまち温かな唾液にどっぷりと浸った。

内部ではぬらぬらと舌が蠢《うごめ》き、根元は唇にきゅっと丸く締め付けられている。熱い鼻息が恥毛をそよがせ、しなやかな指はふぐりや内腿を這い回っていた。

「ああ……、ま、松枝さん……」

小太郎は我慢できなくなり、くねくねと身悶えながら口走った。

すると松枝がすぽんと口を離し、

「良いのですよ。どうか、私のお口に出してくださいな。飲みたいのです。その代わり、後でゆっくりもう一度……」

松枝は熱い息で彼の股間から囁くと、再び肉棒を頬張ってきた。

(飲みたいって……、口に出して良いのだろうか。そのようなことを……)

小太郎は快感と戸惑いの中で思った。枕草紙には書かれていたが、それはあくまで絵空《えそら》事《ごと》の世界であり、まさか武家の新造が飲んでくれるなど、実際にありえることとは思えなかった。

しかし松枝は、いつしか顔全体を上下に動かし、唾液に濡れた口ですぽすぽと心地よい摩擦運動と激しい吸引を繰り返していた。

もう限界だった。ためらいも、あまりに激しい快感に吹き飛んでしまい、とうとう彼は美女の口の中で気を遣ってしまった。

「ああッ……、出る……!」

絶頂の快感に貫かれながらも、警告を発するように口走り、小太郎はありったけの精汁を松枝の喉の奥に向けてどくどくとほとばしらせてしまった。

「ンン……」

松枝は小さく鼻を鳴らしながらも、少しも驚かず、大量の噴出を口の中に受け止めてくれた。それどころか、さらなる噴出を促すように吸引を続け、歯を当てぬようもぐもぐと口を蠢かせていた。

これほどの快感がまたとあるだろうかと、小太郎は身悶えながら思った。

圭と一つになって射精したときも宙に舞うような良い心地だったが、あれはどこかで圭の痛みを気遣っていた。しかし今は、一方的に自分だけが極楽気分にさせてもらい、彼女の口を汚したというよりも彼女の意思で吸い出されたのだ。

やがて口の中がいっぱいになると、松江はこぼさぬよう唇を締め付けながら、ごくりと喉を鳴らして飲み込みはじめたのだ。

（ああ……、本当に、飲んでいる……）

小太郎は驚きと感激の中で自覚し、彼女が嚥下《えんか》するたびに口腔がきゅっと締まり、駄目押しの快感が得られるのを感じた。

とうとう小太郎は最後の一滴まで放出し尽くし、すっかり満足して全身の硬直を解いた。しかし、ぐったりする余裕もなく、松枝はなおも舌を這わせ、濡れた鈴口をしゃぶり続けている。

「も、もう……」

小太郎は降参するように言い、股間を庇《かば》って腰をよじった。

ようやく松枝も口を離し、大仕事を終えたように太い息をつき、彼に添い寝してきた。

「さすがに、いっぱい出たのですね。とっても濃い味でした……」

腕枕してくれながら、松枝が耳元で囁く。してみると、松枝は初めて飲んだわけではないようだ。

「さあ、これで落ち着いたでしょう。今度は浜田様の番ですよ」

松枝は囁きながら胸元を大きく開き、白く豊かな乳房を露出させて、小太郎の口に押し付けてきた。

さすがに圭の比ではなく、その大きさは目を見張るものがあった。おそらく以前は、稽古に明け暮れて肌も引き締まっていたのだろうが、今はすっかり肉づきが良くなったようで、その方が熟れた魅力が存分に感じられた。

ちゅっと乳首に吸い付くと、

「ああッ……!」

松枝はすぐにも熱く喘ぎはじめ、小太郎の顔をぎゅっと抱きすくめてきた。

小太郎は顔中が柔らかな餅《もち》のような膨らみに覆われ、心地よい窒息感に悶えた。

恐る恐るもう片方の膨らみにも手を這わせると、すぐに松枝が手を重ね、強く押し付けてきた。

じっとり汗ばんだ胸元や腋の下からは、何とも甘ったるい乳に似た匂いが馥郁《ふくいく》と漂い、上からは甘くかぐわしい息が吐きかけられてきた。それに生臭い精汁の匂いは含まれず、松枝本来の甘く悩ましい匂いがするばかりだった。

「こっちも……」

やがて松枝は彼の体を押し上げながら仰向けになり、もう片方の膨らみも手で寄せてきた。小太郎はのしかかるようにしながら乳首を吸い、舌で転がしながら甘ったるい体臭で胸を満たした。

次第に松枝の身悶え方も激しくなり、彼女は小太郎の顔を下方へと押しやりはじめた。

四

「お願い……、嫌でなかったら……」

裾を乱して股を開きながら、松枝が言った。どうやら武士でも、あの枕草紙のように互いの股座《またぐら》を舐め合うことは常識的に罷《まか》り通っているようだった。

(それは、そうかもしれない。武士だろうと町人だろうと、好きな相手の股ぐらい舐めたいと思うのが自然だろう……)

小太郎は思った。今まで屋敷から出なかった自分だけが、そうしたことに無菌状態で育っただけのことであり、自分が急に女体の感触や匂いに興味を覚えても、それは無理からぬことだったのだ。

小太郎は松枝の股間に身を置き、腹ばいになって白くむっちりした内腿の間に顔を進めた。圭の股間を見たときは僅かな月明かりが頼りだったが、今は午後の陽が障子越しに射している。

滑らかな白い下腹に、黒々とした茂みが密集していた。真下の割れ目からは僅かに桃色の花びらがはみ出し、すでにねっとりとした大量の蜜汁に潤っていた。

「も、もう少し開いてください……」

「そう、初めてでしたね。ではよくご覧になって……」

松枝は喘ぎを抑えるように息を詰めて言い、自ら割れ目に両の人差し指を当てて、ぐいっと陰唇を左右に広げて見せてくれた。小太郎も、無垢と思われたまま身を乗り出し、丸見えになった陰戸の内部に目を凝らした。

まず目を射たのが、大粒のオサネだった。圭のものよりずっと大きく、妖しい光沢を放ったそれは小指の先ほどもあった。内部の柔肉はぬめぬめと濡れて蠢き、細かな襞に囲まれた膣口も妖しい花弁のように開かれていた。

しかも明るいので、ゆばりの出る穴らしきものまではっきり確認できた。

「ここに男のものを入れるのです……」

松枝は、小太郎の熱い視線を受けながら説明してくれた。

よく見ると、膣口周辺だけ、蜜汁が白っぽく濁り、粘つきを増したようにべっとりとまつわりついていた。

「でも、入れる前に、どうか……」

「舐めて良いのですね」

「アア……、お願いします……」

松枝が喘ぎを抑えきれずに言い、下腹をひくひくと波打たせた。

小太郎は顔を埋め込み、陰唇に舌を這わせながら茂みに鼻をこすりつけた。

「ああっ……、なんて、気持ちいい……」

松枝は声を上ずらせて言い、逃がさぬかのように内腿でむっちりと彼の顔をきつく締め付けてきた。

茂みの隅々には、何とも悩ましい熟れた女の匂いが籠もり、舐めまわすたびに新たな淫水が熱く舌を濡らしてきた。小太郎は夢中になって舌を這わせ、襞の隅々から膣口内部まで味わい、大き目のオサネにも強く吸い付いた。

「あう！　そこ、噛んで……」

松枝が、びくっと腰を跳ね上げるように反応して言った。

痛いぐらい刺激の強い方が好きなのだろう。小太郎は上の歯で包皮を押し上げ、完全に露出した突起を軽く嚙み、舌先で弾くようにオサネを舐めた。

「アア……、そ、それ……」

松枝は声を震わせ、腰を浮かせて自らこすり付けるように動かしてきた。

たまに舌を内部に差し入れると、どんどん新たな蜜汁が大洪水となり、肛門の方まで滴《したた》りはじめていた。

小太郎は彼女の両脚を抱え上げ、白く豊かな尻の谷間にも顔を押し付けていった。両の親指でむっちりと双丘を開くと、谷間では可憐な蕾《つぼみ》が襞を震わせていた。鼻を埋めると、秘めやかな匂いが感じられ、小太郎は激しく興奮しながら舌を這わせはじめた。

「あん……、そんなところまで、舐めてくれるのですか……」

松枝は驚いたようだがもちろん拒まず、むしろ奥まで舌を受け入れるように力を抜き、収縮を繰り返しながら襞を震わせた。

小太郎は執拗に襞の隅々まで舐め、内部にもぬるっと押し込んで舌を蠢かせた。

そして彼女の前と後ろを念入りに味わううち、すっかり一物も回復してきた。

やがて脚を下ろし、再び熟れた果肉を舐めまわしてオサネにも吸い付いた。

「アア……、い、入れたい……」

松枝が身悶えながら言うと、すっかり高まってきた小太郎も素直に口を離した。

「上になってもよろしいですか……」

松枝が言う、どうやら小太郎が初めてで戸惑うと思ったか、あるいは自分が上になり、あくまで主導権を握るのが好きなのかもしれない。

「ええ、どうぞ……」

小太郎も、興奮を抱えながら仰向けになった。

松枝はすぐ上から彼の股間に跨《また》がり、幹に指を添えて自分の陰戸にあてがった。位置を定めると、ゆっくりと感触を嚙み締めながら腰を沈めてきた。

張り詰めた亀頭がぬるっと潜り込むと、

「ああ……、いいわ、すごく……」

松枝はうっとりと目を閉じて言うと、そのまま完全に座り込み、肉棒を根元まで受け入れながら股間を密着させた。

小太郎も、その快感に慌てて気を引き締め、暴発を堪えるのが精一杯だった。圭のときより結合が深い気がし、子を産んでいても松枝の締まりは最高だった。もし先ほど、松枝の口に射精したばかりでなかったら、あっという間に漏らしていたことだろう。

松枝は顔をのけぞらせたまま、しばし肉棒の感触を味わうように柔肉を収縮させ、ぐりぐりと円を描くように腰を動かしはじめた。

やがて上体を支えきれなくなったように身を重ねると、少しずつ腰を前後に動かしていった。

それに合わせ、小太郎も無意識に股間を突き上げ、動きを合わせていた。

「いい気持ち……」

松枝は熱く甘い息で囁き、豊かな乳房を彼の顔に押し付けてきた。

小柄な小太郎は、結合したまま僅かに屈み込めば乳首に口が届いた。両の乳首を交互に含んで吸い、ときには軽く歯を立てながら愛撫すると、次第に松枝の腰の動きが激しくなっていった。

大量に溢れる淫水が彼のふぐりから内腿までもねっとりと濡らし、動くたびにくちゅくちゅと淫らな音が響きはじめた。

松枝は彼の口から乳房を離し、今度は自分が屈み込んで唇を求めてきた。

小太郎が伸び上がると唇が重なり、激しく舌がからみ合った。下向きの松枝の口からは、さっき以上に大量の生温かな唾液が注がれ、小太郎は甘い息に酔いしれて高まりながらうっとりと喉を潤した。

「ああッ……、い、いきそう……」

やがて本格的に高まってきたか、松枝が唇を離し、腰の動きを速めてきた。しかも小太郎の肩に手を回し、彼の身体をしっかり固定したから、完全に股間をぶつけるような激しさになっていった。

小太郎も彼女の股間で膝を立てて開き、結合部分のみならず、少しでも内腿や他の部分まで接触するようにしながら突き上げ続けた。

喘ぐ美女の顔を、近々と見上げるのも実に良いものだ。お歯黒も実に色っぽいと思えるし、口の中に糸を引く唾液のぬめりや熱く甘い吐息など、どれも圭では味わえなかったような大人の趣《おもむき》があった。

「い、いく……！　アアーッ……！」

たちまち松枝が声を上ずらせ、がくんがくんと狂おしく全身を波打たせはじめた。同時に膣内の収縮も最高潮を迎え、松枝は激しく気を遣りながら身悶え、全身を彼にこすりつけるように動き続けた。

ひとたまりもなく、続いて小太郎も絶頂に達し、大きな快感に呑み込まれていった。

「く……！」

短く呻《うめ》き、小太郎は身を震わせながら射精した。それは二度目とも思えぬ快感と量で、勢いよくほとばしったそれは、いちばん深い部分を直撃した。

「あう……、熱いわ、感じる……」

噴出を感じ取りながら松枝が口走り、一物がちぎれるほどきつく締め付けてきた。

ようやく最後の一滴まで絞りつくすと、先に小太郎は動きを止めた。松枝はもう少しの間腰を突き動かしていたが、やがてすっかり満足したように力を抜き、ぐったりと彼に体重を預けてきた。

「こんなに良かったの、本当に久しぶり……」

重なったまま松枝が囁き、小太郎は美女の匂いと温もりに包まれながら、うっとりと快感の余韻に浸った。

「どうか、これからもたまに、お願いです……」

松枝が荒い呼吸とともに言った。

飢えた新造を慰めるとは、こういうことか、と小太郎は思った。結局、小太郎は図らずも悠吾や源太の裏稼業と同じことをしたわけである。

「わかりました。私の方こそ、もっと色々お教えください……」

小太郎が答えると、松枝は喜び、まだ深々と納まったままの一物をきゅっと締め上げてきた。

松枝は、まだまだ彼を離したくないようだったが、もう一度は無理だろう。そろそろ日も傾きはじめている。

やがて二人は身を起こし、名残惜しげに股間を拭く松枝の前で小太郎は身繕《みづくろ》いをした。

五

「おや、小太郎さん。今お帰りですか」

長屋へ戻ろうとする途中、小太郎は源太に行き合った。源太は、十七、八の娘と一緒だった。

「今日はお世話になりました。おかげで、丹波屋さんからいろいろお話を伺いました」

「それは良かった。あ、こちらは浜田小太郎さんだ。これはお光さんです」

源太は、小太郎を連れの女に紹介した。どうやら藤乃屋へでも二人で立ち寄り、これから四ッ谷の家に帰るところなのだろう。

「お話はかねがね、光でございます」

光は、愛くるしい笑みを浮かべて小太郎に辞儀をした。彼女は志乃の女中だったと言うから、当然ながら今も行き来をして、同じ長屋に住んでいる小太郎の話は聞いていたのだろう。

「これから長屋へお帰りですか」

「ええ、でもその前に湯屋に行きたいのですが……」

「そうか、湯屋は初めてでしたっけ。ならばご一緒に」

源太は気軽に言うと、先に光を帰して小太郎と並んで歩きはじめた。

小太郎は屋敷を出て四日目、身体を拭くぐらいのことはしていたが、まだ湯屋に行ったことがなく、どうにも一人では要領が分からず心細かったのだ。

「ここです。看板に矢の絵が描かれているでしょう。弓を射る、で湯入るに洒落ているわけです」

「ははあ、なるほど」

源太は慣れた感じで暖簾《のれん》をくぐっていったが、彼は上総《かずさ》の出で、江戸へ来てまだ一年ばかりである。

小太郎は源太と一緒に十文支払い、刀を預けて着物を脱いだ。

「あれから一仕事してきました。小石川にある大店のお内儀と茶屋に入って二度ばかり。だから私も湯に入りたかったが、お光さんと藤乃屋で行き合ってしまったものだから」

小太郎と出会って湯に行く口実ができ、助かったのだというようなことを源太は着物を脱ぎながら言った。

当然ながら源太は、もう小太郎が自分の裏稼業を承知している前提で話していた。光や志乃には絶対に内緒にしているくせに、男同士となるとあけすけに何でも話してしまう性格のようだった。

しかし、源太はまさか、この小太郎までが武家の新造に二度精を放ったとは夢にも思っていないだろう。

「それはお疲れ様でした」

「いえ、小太郎さんも淫気が高まれば、いくらでもご紹介しますよ。あの堅物《かたぶつ》の田崎さんでさえ、しっかり仕事をしていますからねえ」

源太は言い、やがて二人は洗い場に入った。まだ職人たちの仕事じまいには早い時間なのか、中には数人の客しか入っていなかった。

身体を流し、柘榴口《ざくろぐち》という唐破風《からはふ》のくぐり戸から入ると浴槽があった。薄暗いが、湯はかなり熱い。柘榴口は湯を冷めにくくするためと、湯の汚れを隠すためといわれている。

男湯の二階には、茶を飲みながら碁や将棋を指したり、世間話するための部屋があるという。

二人は湯から出ると、洗い場で糠《ぬか》袋を使い、身体をこすった。

「お流ししましょう」

「あ、済みません」

「今度、田崎さんと二人で青梅《おうめ》まで行くことになりました。三日四日がかりになるので、留守に致します」

小太郎の背中を流しながら、源太が言った。

「それは、やはり丹波屋さんのお仕事で？」

「ええ、お光さんや志乃さんには、薬草を採りにいく使用人の警護、という名目になっておりますが、いかがでしょう。私の留守中、お光さんの淫気を鎮めてもらえないものでしょうかねえ」

「え……？　ご冗談を」

小太郎は、源太の言葉に驚いて言った。

「いえ、冗談じゃないんです。小太郎さんのような真面目な方なら構わないという気持ちになっております。もっとも、真面目な方にお願いするのもなんですが」

源太は苦笑して言い、小太郎の背に湯をかけた。

そして二人はもう一度、湯に浸かった。

「考えてみれば、おかしな話です。他人のご新造さんの淫気を鎮める仕事をしているくせに、自分と暮らしている女の淫気は放ったらかしなんですから。しかし男というものは、相手さえ変わればいくらでも元気になるのに、四六時中顔を突き合わせていると、そうした気持ちが薄れてくるんです」

「源太さんは、大丈夫なのですか？　一緒に暮らしている方が他の男に触れられても」

「私自身、人様の大切な方に触れさせてもらっているんですからね、そのてんは、もう。むしろ、どのようにされたかという悋気《りんき》も、あとになって燃える種になるかと」

「でも、お光さんが承知しないでしょう」

小太郎は、先ほどちらと見た光の愛くるしい顔を思い浮かべながら言った。

「むくつけき男なら御免でしょうが、小太郎さんのように年下で見目《みめ》麗《うるわ》しい方なら、問題はないでしょうね。とにかく一度、四ツ谷の家を訪ねてくださいな」

源太は言い、やがて二人は湯から上がった。

身体を拭き、着物を着ながら、どこまで本心なのだろうかと小太郎は思っていた。もちろん圭や松枝で女を知ったばかりの彼は、他の女がどのようなものか、もっともっと熱烈に知りたかった。まして、先ほど見た光の美貌ならば何の文句もない。

「青梅へは、明後日の朝に発ちます。ではこれにて」

源太は言って頭を下げ、四ツ谷方面へと歩き去っていった。

小太郎は、夕風に吹かれながら長屋へ向かった。身体を流してさっぱりしているが、頭と股間だけ、何やら妙にもやもやとした気持ちがくすぶっている。

やがて長屋に帰ると、

「遅い！」

夕餉《ゆうげ》の仕度を整えて待っていたのだろう、圭が眦《まなじり》を吊り上げて怒鳴った。

「あ、これは済みませんでした」

「道場にも来ないし、一体どこへ行っていたの！」

烈火のごとく怒る圭を前にして小太郎は、なるほど、ともに暮らすとはこのようなこともあり、常に抱く気にならぬことも頷けるような気がした。

とにかく、住まいは隣同士別々だが食事は経済的に一緒にすることになっているから、小太郎は大刀を帯から抜いて圭の部屋に上がり込んだ。

「藤乃屋さんの紹介で、浅草にある丹波屋さんという薬種問屋を訪ねていたのです。いろいろ勉強になりました。後から池野道場へ行ったけれど、稽古は終わっていたので湯屋に行って今帰ってきました」

「そう。どこかへ行ってしまったのではないかと心配した……」

圭が、ようやく怒りを納めて言った。怒りというより、やはり本心から心配してくれていたのだろう。

「どこかへ行ってしまうわけないじゃないですか。なぜそう思うのです」

「ゆうべのことがあるから、はしたない女だと思われたかと……」

圭が俯《うつむ》いて言った。剣を取れば鬼神の働きをする圭が、時にはこうして少女のように心細げになる。それが女の不思議なところであり、可愛いところなのかもしれない。

それにしても、圭が昨夜のことを口に出すのは初めてだった。今朝は、何事もなかったかのように素《そ》っ気《け》ないそぶりだったのだが、やはり日が落ちると、夜の魔力が圭を別の人格にさせるのかもしれない。

やがて圭も機嫌を直したのだろう。二人は黙々と夕餉を終え、小太郎は片付けを手伝ってから自分の部屋へと戻った。

そして戸締りをし、二階の寝床に上がった。今日はあちこち歩き回って疲れたので、枕草紙を見るのは止め、行燈もつけず布団に横になった。すると何と、寝巻き姿の圭が物干しを伝って窓から入ってきてしまったのだ。

圭は無言で、小太郎の布団に潜り込み、しっかりとしがみついた。

小太郎も抱きすくめると、圭はぴったりと唇を重ねてきた。圭とは昨夜初体験をしたばかりなのに、間に松枝との体験があるから、小太郎はその柔らかな感触や果実のように甘酸っぱい吐息の匂いが、やけに懐かしい気がした。

前歯を開くと、すぐにも圭の長い舌がぬるりと潜り込み、激しい勢いでからみついてきた。小太郎も夢中で舌を動かし、圭の甘い唾液に酔いしれた。

「あんなに稽古したのに、気が紛《まぎ》れない……。夜になると、どうしてもお前と一緒にいたくなってしまう……」

唇を離すと、圭は炎のように熱い息で囁いた。どうにも、自分の心と身体が思い通りにならず、もどかしいのだろう。

「いいですよ、何も言わなくて。何でも、好きなようにしてください」

小太郎が言うと、圭も口を閉ざし、黙って寝巻きを脱ぎはじめた。それを見て小太郎も寝巻きを脱ぎ、たちまち二人とも全裸になってしまった。

小太郎は、今日湯屋に行っておいて本当に良かったと思った。松枝の匂いでも残っていたら、いかに初体験を終えたばかりの圭でも、女の鋭い勘を働かせてしまったかもしれない。

逆に圭は、また道場の井戸端で軽く身体を拭いただけなのだろう。その肌はじっとりと汗ばみ、何とも言えない生の女の匂いを漂わせていた。

「お前がして。どうにでも好きなように、うんと乱暴に……」

圭が熱っぽい眼差しで囁き、身を投げ出してきた。

小太郎は上からのしかかり、乳首に吸い付きながら荒々しくもう片方の膨らみを揉み、さらに下腹部へと手のひらを這わせていった。

「ああッ……、小太郎……」

圭は喘ぎ、くねくねと悩ましげに身悶えながら、甘ったるい汗の匂いを揺らめかせた。

茂みを探りながら指で割れ目をたどっていくと、そこはすでに、熱くぬるぬると潤っていた……。

第三章　人の女を賞味する快感

一

「実は明日から、皆さんを連れて江《え》ノ島《しま》へでも行ってこようかと思います」

松枝が言った。

小太郎は、今日は道場に顔を出し、多くの女たちの汗の匂いや熱気に包まれながら、松枝と並んで師範席に座っていたのだった。

圭も小太郎が見ているからか、頑張って稽古に励んでいる。昨夜は二度目の情交だったが、徐々に痛みは和らぎ、やはり性感よりも小太郎と一体になったという満足感で恍惚《こうこつ》となったようだった。

「ほう、そうですか。それは豪勢な」

「ええ、以前から思っていたのですが足の怪我もあり、延び延びになっていたのです。今は、こうして圭さんに頑張って頂いているので御礼の意味も含め、少し遊山《ゆさん》でのんびりしようと思っております」

松枝は言ったが、少々残念そうだ。

「でも、浜田様までお連れするわけに参りません。ほんの三、四日ばかりですが、女たちばかりだから、安心して送り出す親たちも多いのです」

女たちばかりだから心配、とはならないようだ。それだけ、松枝や圭の腕が信用されているのだろう。それに女たちばかりとはいえ、剣術道場の門弟が十数人で連れ立っていれば賑《にぎ》やかで、とても勾引《かどわか》そうなどという男は出てこないだろう。

「それは構いません。きっと圭さんにも良い経験となり、見聞を広められましょう」

「有難うございます。では浜田様からも、圭さんに仰って下さいましね」

松枝は、まだ圭には話していないようだった。しかし圭に否やはないだろう。手習い師匠の真似事などより、ここで師範代をしている方がずっと生き生きしている圭だ。これからも道場の厄介《やっかい》になる以上、松枝が言えば同行せざるを得ない。

あとは、残していく小太郎を心配するだろうが、それとても数日間のこと、彼が説得すれば問題はないだろう。

それにしても、奇しくも源太や悠吾の青梅行きと、圭たちの江ノ島行きが重なった。もっとも良い気候だから、旅や遊山にはちょうど良い時期ではある。

やがて今日の稽古を終えた。

「有難うございました！」

面を脱いだ良家の子女たちが、圭と師範席に挨拶をし、汗を拭きながら次々に道場を出て行った。

圭は、防具だけ外し、すぐに師範席の方へ来た。着替えの小部屋は混雑しているし、圭だけは防具を師範席に置いておけるから棚に片付ける必要はない。

「お疲れ様です。今日も良い動きでした」

松枝が労をねぎらい、圭も一礼すると師範席に腰を下ろして休憩した。額《ひたい》もうなじも汗に濡れて輝き、熱気の籠もった道場内でも、特に圭の甘い匂いが小太郎にははっきりと感じられた。

「いま浜田様にもお話ししたのですが、明日から江ノ島にご一緒して頂きたいのですが」

「はい。他のご門弟たちからも伺っておりました」

松枝が言うと、圭は承知していたように頷いた。なるほど、他の子女たちは前々からの計画だから楽しみにしており、ぜひ圭も一緒に、というような話を稽古前にしていたのだろう。

「では、ご一緒願えますね」

「はい、お供《とも》させて下さいませ」

圭はあっさりと頷いた。こうした機会を逃せば、江ノ島など一生行かれないかもしれないのだから無理はない。しかし小太郎のことは、さすがに気になるように彼の表情をちらりと盗み見ていた。

「では明朝」

圭は言って着替えに行き、やがて小太郎と一緒に長屋に帰った。

「私だけ遊びに行くのは気が引けるのだが」

「そんなことありません。ゆっくりしてきてください。あとで、いろいろお話を伺《うかが》いますので」

小太郎は、夕餉の仕度を手伝いながら答えた。

「どこへも行かず、ここで待っていてくれるか」

「当たり前じゃないですか。たった四日間なんだから」

小太郎がそう言っても、まだ圭は心配でならないようだった。上司の息子である彼を警護しろと、父親に命じられているから、たとえ数日間でも離れるのが不安でならないのだろう。いや、父の命令というより、小太郎が自分を嫌って姿をくらますのではないかと、圭はそれを心配しているようなのだ。

「ならば、金打《きんちょう》してくれ」

「大げさな。いいですよ。お帰りまで、必ずここでお待ちしております」

言われて小太郎は圭に向かい合い、小柄を抜いて互いの刀の鍔《つば》を打ち鳴らした。

金打を終えると、ようやく圭も安心したように仕度に戻り、また二人で慎《つつ》ましやかな夕餉を終えた。

「では、稽古でお疲れでしょうから、今夜は早く寝た方が良いですよ。明日は七つ（午前四時頃）に道場に集合でしょう？」

小太郎は言い、自分の部屋に帰っていった。

戸締りをして二階に上がると、ようやく日も落ちて暗くなってきた。小太郎は袴と着物を脱いで寝巻き姿で寛《くつろ》ぎ、行燈《あんどん》の灯を点けて玉栄にもらった枕草紙や、源太が書いた『はだいろ秘図』を読みふけった。

来るかな、と思ったが結局圭は来なかった。昨夜はあんなに堪能したのだし、もし寝過ごしでもしたらと思うと不安だったのだろう。それに、情事にやつれた顔で遊山に行くのもどうかと思ったのかもしれない。

小太郎も、二冊の本を熟読して興奮したが、手すさびはせずに眠った。

そして翌朝、出かける仕度をする圭の気配で目を覚ました小太郎も起きて着替えた。まだ空は暗い。八つ半頃（午前三時頃）だろう。

小太郎は外に出て長屋の厠《かわや》で用を足し、井戸端で顔を洗い房楊枝《ようじ》で歯を磨いてから圭の部屋を覗いてみた。

彼女は、冷や飯の湯漬けと香々で軽い朝食を取っていた。すでに野袴を着け、柄袋をした大小も揃えてあった。他には編み笠に手甲脚絆《てっこうきゃはん》、着替えを入れた風呂敷包みに羽織も用意してある。遊山というより、御用の趣のようないでたちだ。

「お早うございます。よく眠れましたか」

「ああ、お前も済ませると良い」

「では頂きます。だんだん白んできました。良い天気になるでしょう」

小太郎も上がり込み、朝餉を済ませた。

「私が居ない間、お前は何をしている」

「あちこち散策しますよ。もちろん手習いの方も少しはお手伝いしないと。悠吾さんがいないから手も足りないでしょう」

「なぜ田崎殿が」

圭は、初耳のように言って目を上げた。今は道場にかかりきりだから志乃と顔を合わせる機会も少なく、何も聞いていなかったようだ。

「源太さんと、仕事で青梅へ行くようです」

「ならば、長屋に志乃さんとお前の二人きりか」

「そういえばそうですね。では懇《ねんご》ろになってしまうかも」

「なに！」

小太郎が冗談めかして言うと、圭は気色《けしき》ばんで腰を浮かせた。

「じょ、冗談ですよ。何を心配なさっているのです。志乃さんも、れっきとした武家ですよ。妙な勘繰りは失礼じゃないですか」

「そうか……、そうだな」

圭は気を取り直し、黙々と手甲脚絆を着けはじめた。

小太郎は朝餉の後片付けをしてやり、やがて仕度を整えた圭を送り出した。

すると、ちょうど隣からも旅支度の田崎悠吾と、見送りの志乃が出てきた。

「これは、お出かけですか」

志乃が頭を下げて言う。

「ええ、道場の方たちと江ノ島の方へ」

「それは楽しみでございますね」

圭が答えると、志乃が羨ましそうに言った。

「では、そこらまでご一緒に」

悠吾が言い、圭も頷いて二人で歩きはじめた。何やら二人が連れ添い、どこか遠くへ行ってしまうような不安が湧《わ》いた。

何のことはない。小太郎も圭のことを心配しているのだろう。

「お気をつけて」

志乃が、笑顔で二人を見送って言った。彼女は何の不安も抱いていないようだ。もとより二人の行き先は違うし、悠吾が丹波屋の付き添いで旅に赴くことも珍しくないので、志乃にしてみれば慣れているのだろう。

「道場の方もお休みになるのなら、手習いに来て頂けますか」

「はい。お伺い致します」

言われて、小太郎も笑顔で答えた。

「光も来るでしょうから、三人で子供たちに教えましょう」

「わかりました。ではのちほど」

小太郎は頭を下げ、圭の部屋の戸締りをしてから自分の部屋に戻っていった。

（そうか、お光さんも来るのか……）

志乃と二人きりになりたい気持ちと、源太に言われた光のこととの両方が、妖しい期待となって小太郎の胸を熱くさせるのだった。

二

「では、今日はこれまで。お気をつけてお帰りなさい」

今日の分の手習いを終え、志乃が言うと子供たちは帰っていった。

間もなく昼である。小太郎は墨や硯《すずり》、長机を片付け、志乃と光は階下に降りて昼餉の仕度をはじめた。

見れば見るほど志乃は艶やかで、光も可憐だった。小太郎より、光は一歳上、志乃は三つ上だった。

「どうぞ、お先に」

「これは、申し訳ありません」

階下から呼ばれて降りると、先に小太郎の分の昼餉が折敷に整えられていた。二人の美女に見られて食事するなど気詰まりだが、待たせるのも悪いので、小太郎は黙々と食べはじめた。飯に汁物、味噌田楽に香々である。

二人は律儀《りちぎ》に端座し、彼の食事が済むのを待っている。

「お代わりを」

「いえ、充分です。ご馳走様でした」

志乃に答えると、すぐに光が白湯《さゆ》を入れてくれた。

「今日は、どちらかに？」

「ええ、藤乃屋さんを訪ねようかと思います」

志乃に訊かれ、小太郎は言った。本当は、源太に言われたように、こっそりと光を訪ねようかと思っていたのだが、当の彼女がここに居るのだ。

「そうですか。とても良い方でしょう」

「はい。玉栄さんと話していると、なぜか気持ちが安らぐのです」

「そうでございましょう。私たちも、ずいぶん良くして頂いております」

志乃が言うと、光も頷いた。

小太郎も『はだいろ秘図』を読み、二組の男女と玉栄の関係は把握していたが、それを源太が書いて出版してしまったことは、さすがに女たちは知らないだろう。だから滅多《めった》なことを言うわけにはいかなかった。

やがて光が手早く小太郎の使った食器を洗い、女二人分の昼餉の準備にかかったので、小太郎は遠慮して自分の部屋に帰ることにした。

「ではまた明日、手習いのお手伝いに参りますので」

「お願い致します。あ、市ヶ谷へ行くなら、途中まで光と道連れになってくださいな。申し訳ないのですが、少々荷物があるもので」

「ええ、お安い御用です。ではのちほど」

小太郎は二人に挨拶をし、自分の部屋に戻った。

そして四半刻（三十分）ほどで、小太郎は光に呼ばれた。すでに仕度を整えていた小太郎も外へ出た。

光は、風呂敷包みを二つ持っている。そのうち大きい方を小太郎が持ってやった。中身は反物《たんもの》らしい。どうやら二人は針の仕事も請け負っているらしく、二人で分担して縫っているようだった。

「では、よろしくお願い致します」

志乃に見送られ、小太郎は市ヶ谷方面へと歩きはじめた。もちろん通りに出ると、光は少し後から遅れてついてきた。

小太郎は彼女に歩調を合わせ、左右の店先や家並みを眺めながら、のんびりと歩いた。どちらにしろ荷物があるので、先に光の家のある四ツ谷へ行かねばならない。途中からは光が先に行き、案内しながら歩いた。それでも彼女は大通りでなく、なるべく裏路地の近道を通っているらしく、あまり人通りもないので、いつしか二人は並んで話しながら歩いていた。

「実に、多くの人が活気に溢れて賑《にぎ》やかですね。内藤新宿は」

「ええ、私は上総の外れにある小さな藩に生まれ育ったので、江戸へ出てきたときには驚きました。浜田様は？」

「うちは相模《さがみ》の国の小田浜というところです。ほとんど江戸屋敷住まいですが、小田浜も海が近くて良いところですよ」

「そうでございますか」

光は頷いた。おそらく小太郎のことを、藩主の警護で江戸と国許を行き来している家柄のものとでも思っているのだろう。

「圭さんという方は？」

光がぽつりと言った。やはり、誰もが小太郎と圭のことが気になるようだった。光も、志乃から聞いて、小太郎が同じ藩の若い女と隣同士に暮らしていることを知っていたのだろう。

「あれは口うるさい姉のようなものです。一人での遊学が心許ないと思われ、しっかり者を付けられてしまいました」

「まあ、では許婚では」

「違います。剣術自慢の圭さんは、私のように小柄な細腕より、荒武者のような強い男が好きなのです。それより、お光さんはどうなのです。源太さんとご一緒になるのでは」

小太郎が訊くと、光は笑みを浮かべながらも、少々複雑な表情になった。

「もう一緒になっているのですが、どうにも煮えきりません。私の方は、源太さんが武家でも町人でも構わないのですが、あの方はためらってばかり」

光が言う。

それは源太が武家の光に遠慮しているのではなく、より多くの女を抱いている自分が後ろめたいのであり、反面、ともに暮らす光に対して淫気を薄れさせ、妹のような感覚になってしまっているからなのだろうと小太郎は思った。

「やはり、出会ったばかりの頃の方が良いのでしょうか……」

「今は、お幸せではないのですか?」

「不幸せではないけれど、私は最初の頃のような激しさがなければ、すっかり生きてゆけぬようになってしまったのかも」

光は、つぶらな瞳をきらきら輝かせて小太郎に囁いた。

「源太さんが出て行く前に言っていました。浜田様を誘惑してしまえと」

「そんな、ご冗談を……」

顔を寄せられ、ふんわりとした香油の甘い匂いが鼻腔を撫で、小太郎は胸を高鳴らせた。光と懇ろになるためには、どのように切り出したものかと思案していたが、彼女の方から言い出したのだ。

「ええ、もちろん冗談でございます。まだ何も知らない浜田様に、いけないことをお教えするわけには参りません。おそらくは、れっきとしたお家柄でしょうから、やがて然《しか》るべき方と妻《めあわ》せられることでしょう」

悪戯《いたずら》っぽく笑う光の真意は、小太郎には分からなかった。

「いえ……、いずれは知らねばならぬものであれば、私はお光さんのような美しい方に教わりたいです……」

小太郎は、また無垢を装い、思い切って言った。

「私たちは、まだ、お知り合いになったばかりでしょう」

「だからこそ、私はいずれ屋敷か小田浜へ帰ってしまうのですから、一期一会《いちごいちえ》なれば身近な方にはできぬ大胆なことも試せるのでは、と」

「ほ、本気なのですか……」

光は、驚いたように言い、甘ったるい汗の匂いを僅かに濃く揺らめかせた。

「お光さんさえお嫌でなければ、教えてくださいませ。何でも言うとおりに致します」

言うと、光は少し迷ったように口を引き結び、代わりに足早になっていった。

どうやら彼女は小太郎以上に、熱烈な淫気に包まれているのだろう。ただ、初めて源太以外のものと行なうことに、一抹《いちまつ》のためらいがあるのだ。しかし冗談めかしたとはいえ、源太もそのように言ったのだから、他で淫気を解消しても良いのかもしれないと思いはじめているようだった。

それに、無垢な年下の男というのは、そうした相手としては実に格好である。乱暴にするような男ではないし、逆に歳《とし》相応に淫気も有り余っているだろう。

光は密かに、出会った頃の源太の勢いの良さを思い出し、それを小太郎に求めはじめたような心の動きがあったのかもしれない。

「こちらです」

やがて四ツ谷に入ると、光は人通りの少ない裏路地から竹垣の木戸を入り、小太郎を中に案内した。裏には井戸もあり、厨《くりや》は広かった。中は二間あり、茶の間と寝所になっているようだ。

「良いお宅ですね」

小太郎は言って上がり込み、部屋の隅に荷物を置いた。

「いま白湯でも」

「いえ、どうかお構いなく。先ほどのお話がご冗談であれば、早々に退散いたします」

小太郎は、彼女の決意を促《うなが》すようにいうと、光は少し迷ってから、ようやく唇を引き締めて顔を上げた。やはり、今この機を逃せば、いつまでも溜まりに溜まった淫気は解消されないと思ったのだろう。

「分かりました。でも、何でも言う通りにすると仰いましたね」

「はい。どのようなことでもお言い付け下さいませ。手習い師匠のように」

「人の道に外れることも、お願いするかもしれませぬよ」

すでに、外れかかっているのだが、光が言うのは様々な愛撫のことだろう。それは玉栄や源太の本を読んで知っている小太郎には、さして驚かぬ行為に違いない。すでに、圭や松枝にしていることばかりかもしれない。

「はい。犬になれと仰られれば、そのようにしてどこでもお舐め致します」

「そこまでのお覚悟であれば……」

光は言い、緊張に頬を強ばらせながら縁の障子を閉め、枕屏風《びようぶ》の陰から布団を取り出して敷いた。

「では全部脱いで、寝てください」

光が言い、自分も帯を解きはじめた。

小太郎は部屋の隅に大小を置き、手早く袴と着物を脱ぎ、言われたとおり下帯まで取り去って先に布団に仰向けになった。

どうやら今は、源太とは別々の布団で寝ているのだろう。その布団には、光の甘ったるい匂いがたっぷりと染み込んでいた。

やがて白く豊かな乳房を露出し、腰巻一枚になった光が添い寝し、横になってから最後の一枚を取り去った。そして熱く息づく柔肌をぴったりと彼にくっつけながら、顔を寄せて唇を求めてきた。

三

「舌を出して。いっぱい舐め合うのです」

光が囁き、自分から舌を伸ばしながら唇を重ねてきた。

小太郎も受け止め、舌をからめ、唾液に濡れた柔らかな舌の感触と、圭に似た甘酸っぱい息の匂いに包まれながら、激しく勃起していった。

やがて長い口吸いを終えると、光はぼうっとなったようにごろりと仰向けになった。

「お乳を吸って……。その後は、身体中をいろいろ舐めて……、でも股の間は、いちばん最後にしてくださいな……」

光は小太郎を無垢と思っているので、いちいち喘ぎを堪《こら》えて指示する様子が何とも可愛らしかった。

小太郎は、うっすらと汗ばんで甘い匂いを放つ首筋を舐め下り、乳房に達していった。

乳首はつんと突き立ち、桜色の初々しい色合いだ。膨《ふく》らみも圭と同じぐらい豊かで、小太郎は夢中になって吸い付き、顔全体を膨らみに押し付けた。

「ああ……、いい気持ち。とっても上手ですよ……」

光が顔をのけぞらせて口走り、少しもじっとしていられないようにくねくねと全身を悩ましく悶えさせた。

小太郎は舌で弾くように舐め、唇に挟んで強く吸った。もう片方も同じようにし、たまに軽く前歯でこりこりと愛撫した。じっとり汗ばんだ谷間からは、何とも甘ったるい芳香がゆらゆらと立ち昇り、やがて両の乳首を味わい尽くした小太郎は、彼女の腋の下にも顔を埋め込んでいった。

案外肉づきが良いので窪みも浅く、楚々《そそ》とした腋毛の隅々にも、乳に似た濃厚に甘い匂いが籠もっていた。

小太郎は鼻を鳴らして光の体臭で胸を満たし、徐々に柔肌を舐め下りていった。

いきなり股間には来るなと言うのだから、やはり源太は『はだいろ秘図』に描かれていたように、女体の隅々まで味わい尽くす性格なのだろう。だから光も、そうした念入りで濃厚な愛撫を望んでいるようだ。

出会ったときは源太も無垢だったが、多くの様々な女を知り、それが光に投影され、彼女自身も相当に貪欲《どんよく》な性を持つようになったのだろう。光の要求や反応の一つ一つに、源太を通じて得た多くの女たちの性癖が息づいているようだった。

小太郎は絹のように滑らかな肌を舐め下り、腰から太腿へと移っていった。

どこも吸い付くような餅肌で、甘い匂いも興奮をそそり、される側より舐めている方が心地よいぐらいだった。

これほど素晴らしい肉体を持った美女でも、一緒に長く暮らしていると、抱く気が無くなってくるのだろうか。今はいくらでも淫気が湧いてくる小太郎には、そうした感覚はまだ分からなかった。

やがて小太郎は、足首を摑《つか》んで持ち上げ、光の足裏に舌を這わせはじめた。

指の股にも鼻を押し付け、汗と脂《あぶら》の湿り気を嗅ぎ、爪先にも遠慮なくしゃぶりついた。

「アア……、よ、良いのですか、そのようなこと……」

言われなくても、自分から小太郎が足を舐めたことに光は驚いて言い、肌を強ばらせて快感を味わった。

小太郎は、うっすらとしょっぱい指の股を念入りに舐め、順々に味わってからもう片方も舐め尽くした。

すると光が悩ましげに腰をくねらせ、いつしか身体を横向きにさせていった。

小太郎は踵《かかと》からふくらはぎを舐め、ときには痕《あと》がつかぬ程度に噛み、汗ばんだ膝の裏側を舐め、むっちりと張りのある太腿から尻の丸みまでたどっていった。

しかしまだ谷間には行かず、腰骨から背中を舐め上げた。

「く……!」

いつしか光は完全にうつぶせになり、顔を伏せて肌を震わせていた。背中や腰なども、相当に感じる部分なのだろう。

小太郎はまんべんなく背中じゅうを舐めまわしてから、再び白く豊かな双丘に舌を這わせた。今度は両の膨らみではなく、谷間を舌でたどり、親指でむっちりと尻を広げた。

谷間の奥に、薄桃色の蕾が襞を震わせてきゅっと閉じられ、その周囲にもまばらな茂みがあった。

鼻を埋め込むと、汗の匂いに混じって秘めやかな匂いが感じられ、小太郎は激しく興奮しながら舐め回した。

「あうう……、き、気持ちいい……、でも、お嫌ではありませんか……」

顔を伏せたまま光が言ったが、答える代わりに小太郎は舌先で襞をくすぐり、充分に唾液にぬめらせてから舌先を押し込んでいった。

「あッ……！」

思わず光が呻き、潜《もぐ》り込んだ彼の舌をきゅっと締め付けてきた。

小太郎はくちゅくちゅと舌を蠢《うごめ》かせ、ぬるっとした内部の粘膜を味わい、顔中に密着する双丘の感触に酔いしれた。

やがて肛門内部を執拗に舐めながら、小太郎は悶《もだ》える光の片方の脚を浮かせて潜り抜け、再び仰向けにしていった。

そろそろ、肝心な部分に顔を埋めても良い頃だろう。

小太郎は彼女の尻から口を離し、腰を抱え込みながら光の陰戸を近々と眺めた。

黒々とした茂みは情熱的に艶《つや》を持ち、割れ目からはみ出す陰唇は大量の蜜汁にねっとりと潤っていた。

指を当てて開くと、細かな襞に覆われた膣口と、つんと包皮を押し上げて突き立ったオサネが丸見えになった。もう光も、無垢な小太郎に教えるというような余裕もなくなり、完全に受身になって喘ぐばかりだった。

小太郎は我慢できなくなり、悩ましい匂いを含んだ熱気と湿り気に誘われ、光の中心部にぴったりと顔を埋め込んでいった。

柔らかな茂みに鼻をこすりつけると、やはり濃厚な体臭が鼻を刺激し、直《じか》に小太郎の股間に伝わっていった。舌を這わせると、淡い酸味を含んだ淫水が彼の口に流れ込み、柔肉全体がまるで磯巾着《いそぎんちゃく》のように彼の舌を包み込むようだった。

小太郎は舌を這わせ、中のお肉を隅々まで味わってから、舌先でゆっくりとオサネを舐め上げていった。

「アアッ……、き、気持ちいいッ……!」

光がびくっと腰を跳ね上げて口走った。実際、かなり久しぶりの快感なのだろう。滑らかな内腿がきゅっと彼の顔を締め付け、さらに濃い匂いと大量の蜜汁が小太郎の鼻と口を酔わせた。

次第に激しく舐めまわし、小太郎は舌先をオサネに集中させはじめた。

熱い淫水は後から後から溢れ、光は今にも気を遣りそうなほどがくがくと狂おしく全身を跳ね上げていた。

「お、お願い、入れて……！」

やがて光が口走ると、すっかり高まっていた小太郎も顔を上げ、身を進めていった。

急角度の肉棒を指で押さえて先端を合わせ、ぬめりをまつわりつかせながら、ゆっくりと貫いた。

ぬるっと潜り込むと、熱く濡れた柔肉が張り詰めた亀頭を包み込んだ。

「あう……！」

光が顔をのけぞらせて呻き、両手を伸ばしてしがみついてきた。小太郎も根元まで挿入して身を重ね、きゅっと締め付けてくる柔襞の感触と温もりを嚙み締めた。

待ちきれないように、光が忙しげに下から股間を突き上げ、両脚まで彼の腰にからみつけてきた。

それに合わせ、小太郎も腰を突き動かし、最高の摩擦快感を味わった。

「アア……、もっと深く、奥まで突いて……」

光が熱く甘い息で喘ぎ、彼の胸の下で乳房を弾ませた。

小太郎も股間をぶつけるように律動しながら急激に高まった。

「あん……、い、いっちゃう……、ああーッ……！」

たちまち光が身を弓なりに反らせてのけぞり、硬直しながら声を上ずらせた。どうやら本当に飢えていたらしく、すぐにも昇り詰めてしまったようだ。

絶頂の収縮の中、続いて小太郎も気を遣り、宙に舞うような快感とともに大量の精汁をほとばしらせた。

源太が公認したようなものだが、とにかく人の女を抱いた禁断の悦びが小太郎の全身に湧き上がった。松枝も人の妻であるが、歳も離れているし亭主の顔も知らないため、抱いたというより弄《もてあそ》ばれた感の方が強く、興奮は光の方が一段上だった。

やがて最後の一滴まで絞り尽くし、小太郎は動きを止めていった。

「ああ……、良かった……」

光も徐々に硬直を解きながら、うっとりと呟《つぶや》いた。

小太郎は身を重ねたまま、彼女のうなじに顔を埋め、快感の余韻に浸り込んだ。

「初めてでは、なかったのですね……」

荒い呼吸とともに、光がぽつりと言った。

快感に夢中で我を忘れていると思ったが、見ているところは見ていたようだった。やはり小太郎の愛撫や挿入にためらいがないので、初めてではないと容易に知れてしまったのだろう。

「す、済みません……」

「いいえ、謝ることはありません。いちいち教える手間が省けましたし、それに、してほしいことも、全てして頂きました……」

光が言い、余韻の中で再び彼の唇を求めてきた。

四

「お帰りなさい。よろしかったら、ご一緒に夕餉を」

小太郎が、湯屋に寄って長屋に戻ると、志乃が声をかけてきた。ちょうど外で干物を焼き終え、七輪を持って入ろうとしたところだったのだ。

「はあ、でも……」

「これから一人でお仕度では大変でしょう。どうかご遠慮なく」

言われて、小太郎も甘えることにした。

悠吾の留守に入るのも気が引けるが、何ら含むところはないから志乃も気軽に招いてくれたのだろう。あるいは彼女から見たら、小太郎はまだまだ子供なのかもしれない。

折敷を持ってきて、自分の部屋で食べようかとも思ったが、志乃はすぐに用意をしてくれたので仕方なく上がり込んだ。

圭ならざっくばらんに一緒に食事をするのだが、例によって志乃は給仕に徹し、小太郎が済むまではじっと座っているだけだ。

小太郎は、手早く食事しながら、光のことを思い出していた。目の前の志乃は、小太郎が光を抱いてきたことなど夢にも思っていないだろう。

しかし『はだいろ秘図』を読む限り、志乃は光以上に多情で、悠吾のみならず源太とも情交をしているという。多少の脚色はあるにしろ小太郎は、初めて会ったときから淑《しと》やかで美しいと思っていた志乃の、もう一つの顔を意識しないではいられなかった。

「ご馳走様でした。ではまた明日、手習いの時間に」

食事を終えると小太郎は辞儀をして言い、手早く片付けだけしてから自分の部屋に引き上げていった。

互いの間には、留守中の圭の部屋がある。だから壁に耳を当てるわけにもいかないが、志乃は一人でどのように過ごすのだろうかと気になった。

光を抱き、その肉体を堪能してからというもの、小太郎は志乃へも激しい欲望を抱くようになってしまった。最初の頃は憧れの美女だったが、今では手の届くところに居て、人並み以上に淫気を持つ生身なのだと知っている。

小太郎は水瓶《みずがめ》から柄杓《ひしやく》で水を飲み、戸締りをして二階に上がろうとした。菜種油の節約のため、なるべく階下では行燈を点けず、日暮れとともに二階へ上がってしまうのが常だった。

と、その時である。入り口の戸が軽く叩かれ、

「浜田様……」

志乃の声がした。

小太郎は階段から引き返し、つっかえ棒を外して戸を開けた。

「はい、何でしょう」

「あの、少々お話が」

志乃は思いつめたように小太郎を見つめ、緊張に頬を強ばらせていた。

「はあ、では中へどうぞ……」

小太郎は、とにかく彼女を中に入れた。あまり入り口で話していても、いつ長屋の他の住人に見られるかもしれない。噂《うわさ》などは気にしないが、今回の遊学では何より市井の人々とうまくやっていくというのが第一なのだ。

小太郎は志乃を入れてもう一度戸締りをし、彼女を二階に招いた。二階の方が、まだ西日が残って明るい。それに、何とはなしに妖しい期待もあった。

光との時もそうだったが、何やら言葉では説明できぬ、女の淫気の気配というものが察

せられるようになってきたのかもしれない。

「きちんとなさっているのですね」

志乃は、二階の部屋を見回して言った。同じ間取りだが、二人所帯のうえ手習い用の机や小物のある志乃の二階に比べたらがらんとしていた。

「何もないだけです」

小太郎は志乃を座らせ、正面に座して話を促した。

しばし沈黙ののち、志乃はようやく口を開いた。

「光とは、情交いたしましたか」

「え……？」

「どうか正直に仰って下さいませ。……私と光は、もとは主従でしたけれど、今は非常に似通った境遇にあります。好きな人と暮らしながら満たされぬ思いを味わい、今では何でも話し合い、ときには、女同士で慰め合うこともあるのです」

志乃の生々しい言葉に、小太郎は驚いて身を乗り出した。してみると源太同様、悠吾の方も、ともに暮らす志乃とはあまり情交していないのだろう。先日聞いてしまった喘ぎ声は、実に久しぶりのことだったに違いない。

「女同士で、ですか……」

「はい。しかし女同士では限界があり、何より一物がございません。そうした道具を買うのも気が引けるし、血が通っていなければ良くないだろうから、光と二人で浜田様にお願いしようかと話し合っていた矢先でした」

「そ、それは……」

「光が、まず自分からお願いしてみると申しておりました。それで、どうなりました」

何のことはない。小太郎が意を決して申し出なくても、光の方から誘われることになっていたようだ。

「し、しかしそれは、お光さんの名誉に関わることですので……」

「それはお気遣いなく。私と光は、もう一心同体です。では、おありだったのですね」

志乃は嫉妬《しっと》ではなく、むしろ光の首尾を喜ぶようににじり寄ってきた。

一度でも快楽を知った女が飢えると、皆このように貪欲《どんよく》になるものなのだろうか。小太郎は嬉しくて期待に股間が膨らむ反面、女という生き物が恐ろしくも感じられた。

「どうかお願いです。この私にも……」

志乃は熱い息で囁き、頬を紅潮させながら迫ってきた。

もとより志乃を、初めて見たときから美しい人と思っていた小太郎に否やはない。少々彼女の勢いにたじたじとなっている部分はあるが、湯屋でのんびりし、すっかり淫気は回復していた。

迫られるまま彼女の肩を抱きとめ、顔を寄せるとすぐにも唇がぴったりと重なった。

形良い唇が、何とも柔らかな弾力を持って密着し、熱く湿り気を含んだ息が甘く鼻腔を満たしてきた。

「ンンッ……!」

志乃が鼻を鳴らして息を弾ませ、ぐいぐいと口を押し付けながら、ぬるりと舌を侵入させてきた。小太郎も負けずに激しく舌をからめ、彼女の身体をきつく抱きすくめた。そして温かく濡れた舌と息の甘さに酔いしれながら、身八つ口から手を差し入れ、志乃の乳房を探っていった。

膨らみは実に柔らかく張りがあり、ようやく乳首を探り当てると、

「ああッ」

志乃が我慢しきれずに口を離して喘いだ。

小太郎も手を引き抜き、とにかくいったん身を離して布団を敷いた。どうせ時間はいくらでもあるし、邪魔をするものは誰もいないのだ。

もう互いに言葉も必要としなくなり、小太郎が床を延べて袴を脱ぎはじめると、志乃も無言で帯を解きはじめた。しゅるしゅると衣擦《きぬず》れの音をさせて、みるみる志乃の熟れた肌

が露わになっていく。

小太郎は先に下帯まで取り去ってから、彼女が脱ぐのを手伝った。腰巻まで取り去って全裸にすると、匂うような白い肌が余すところなく見え、二人はもつれ合うように布団に横たわっていった。

小太郎は志乃の乳房に顔を埋め、乳首に吸い付きながら、甘ったるく漂う肌の匂いを嗅《か》いだ。

日に二度、他人の女を抱くことになったのだ。その興奮は激しく、小太郎は勃起した一物を彼女の肌にこすりつけながら乳首を貪《むさぼ》った。

「アア……、もっと……」

志乃も夢中になって喘ぎながら、両手で彼の頭をかき抱き、自分からも胸を突き出すように悶えはじめた。

小太郎は甘ったるい肌の匂いに噎《む》せ返りながら、もう片方の乳首に吸い付き、彼女の股間にも指を這わせていった。やはり匂いも感触も膨らみも光とは微妙に違い、反応は誰より激しい気がした。

小太郎は腋の下にも顔を埋め、上品に煙る腋毛に鼻をこすりつけながら美女の体臭で胸を満たし、茂みを掻き分けながら割れ目を指でたどっていった。はみ出した陰唇を探ると、そこはすでに熱く潤っていて、指先がぬるりと滑るほどだった。

しかし小太郎は途中で愛撫を止め、仰向けになって受身の体勢になった。光と同じことをするのでは面白くないと思ったのだ。

「どうか上に……」

彼女の身体を起こしながら言うと、志乃は恥じらいを含みながらも、屹立している肉棒を愛しげに見下ろし、やんわりと握り締めてきた。

そして優しく揉みながら屈み込むと、形良い口を丸く開き、張り詰めた亀頭をすっぽりと含んでくれた。内部では柔らかく濡れた舌がくちゅくちゅと蠢き、志乃は口をもぐもぐさせながら根元まで呑み込んでいった。

「ああ……、気持ちいい……」

小太郎は思わず口走り、彼女の口の中で唾液にまみれながら、ひくひくと一物を上下に震わせた。

志乃は熱い息で彼の恥毛をそよがせながら、上気した頬をすぼめて強く吸った。

舌はまんべんなく幹を舐めまわし、たまに志乃は吸いながらちゅぱっと口を引き抜き、ふぐりにもしゃぶりついてきた。

小太郎はじわじわと高まりながら、少しでも長くこの刺激を得ていたくて、やがて彼女の下半身もこちらに引き寄せていった。

志乃は素直に、再び亀頭を含んだまま身を反転させ、仰向けの小太郎の顔に跨《またが》ってきてくれた。小太郎も下から彼女の腰を抱き寄せ、熟れた割れ目に顔を寄せた。

五

「く……、んんっ……！」

割れ目に迫っただけで、彼の熱い視線と息を感じたか、肉棒を含みながら志乃が呻き、くねくねと悩ましくお尻をくねらせた。

顔を寄せて、指でぐいっと割れ目を開くと、さすがに光より熟れた果肉が覗《のぞ》き、舐める前からねっとりとした蜜汁がつつーっと彼の口に糸を引いて滴《したた》ってきた。

陰唇の色合いもオサネの形状も艶めかしく、濃厚な匂いも実に胸の奥に響くかぐわしいものだった。

小太郎は淫水の雫《しずく》を舌に受けながら伸び上がり、まずは陰唇の表面から味わい、徐々に内部へと舌を差し入れていった。

大量の蜜汁は淡い酸味を含み、心地よく舌を濡らしてきた。それは、すするとか舐めるというよりも、完全に飲み込めるほどの分泌量だった。

小太郎は柔肉を舐め回し、陰戸の穴を囲むような襞をくちゅくちゅと探り、光沢を放つオサネにも吸い付いていった。

「あぁッ……！」

志乃が亀頭からすぽんと口を離して喘ぎ、彼の股間に熱い息を籠もらせた。それでも、またすぐにすっぽりと含み、競い合うように強く吸い付いてくる。

小太郎は執拗にオサネを舐めて味わい、目の前で収縮している桃色の肛門を眺めた。そして新たに溢れた分の淫水で喉を潤しながら移動し、白く豊かな尻の谷間にも鼻と口を押し当てた。

どんな美女でも、その部分には正直で秘めやかな微香が籠もっている。その刺激が直に肉棒に伝わり、志乃の口の中で幹が跳ね上がった。

舌を這わせ、細かな襞の蠢きを味わいながら、小太郎は内部にもぬるっと潜り込ませて柔らかな粘膜を賞味した。

志乃は、何度か口を離して喘ぎ、また再びしゃぶりついて吸い、いつしか自分から彼の顔中に股間をこすりつけはじめていた。

小太郎は、舌先をオサネに戻しながら、顔中を淫水にまみれさせ、茂みに籠もった悩ましい匂いに包まれながら高まった。

すると、志乃の方が先に降参したように一物から口を引き抜き、股間を離して身を起こしてきた。

「い、入れてください……」

「では、こうしてください」

小太郎も起き上がり、彼女をうつぶせにさせた。やはり枕草紙で見たような、様々な体位も試してみたいのだ。

「さあ、もっとお尻を高く浮かせて、こちらに突き出してください」

「アア……、は、恥ずかしい……」

志乃は顔を伏せ、声を震わせながらも言いなりになった。

四つんばいで尻を突き出すという、完全に無防備な体勢だ。小太郎はその大胆な姿と、年上の美女を言いなりにさせている快感に酔いしれながら股間を迫らせた。

後ろから先端を割れ目にあてがい、ゆっくりと挿入していった。

「あう」

志乃が白く滑らかな背中を反らせて喘ぎ、さらに豊かな尻を押し付けてきた。

肉棒は根元まで完全に埋まり込み、小太郎の下腹部に尻の丸みが心地よく密着して弾んだ。やはり本手（正常位）とは、膣内の感触も微妙に違っているようだ。

小太郎は彼女の腰を抱えて股間を押し付け、しばし志乃の温もりと締め付けの感触を味わった。

すると志乃の方から尻をくねらせ、前後に動かしはじめてきた。

それに合わせ、小太郎も徐々に腰を突き動かし、何とも心地よい摩擦快感を味わった。

「アア……、いいわ、もっと突いてください……」

志乃が声を上ずらせて言い、動きを激しくさせてきた。

大量に溢れる淫水がくちゅくちゅと淫らな音を立て、揺れてぶつかるふぐりまでべっとりと濡らしはじめた。

やがて小太郎は彼女の背に覆いかぶさり、両脇から手を回して、たわわに実って揺れる乳房をわし摑みにした。股間のみならず、身体の前面が志乃の肌に密着し、髪の香油が甘く揺らめいた。

「ああン……、も、もう……」

すぐにも昇りつめそうなほど志乃が喘ぎ、激しく悶えながら、力尽きたように身体を横向きにさせていった。

小太郎は下になった彼女の太腿を跨ぐように体位を変え、上になった脚に両手でしがみついた。これも肌の密着度が高まり、実に心地よい体位だった。

なおもずんずんと腰を動かし、徐々に彼女を仰向けに戻していった。やはり果てるときは、美女の美しく喘ぐ表情と甘い匂いの唇が欲しいのだ。

後ろ取り（後背位）から志乃を半回転させ、本手に持っていきながら、小太郎は本格的に身を重ねて律動し続けた。

彼の胸の下では豊乳が心地よく弾み、熱く甘い吐息がかぐわしく小太郎の鼻腔を満たした。小太郎は何度も屈み込んで乳首を吸い、甘ったるい肌の匂いに噎せ返った。ときには伸び上がって唇を重ね、甘く濡れた舌を舐めまわし、とろりとした温かな唾液をすすって喉を潤した。

「あぁッ……、いく……！」

下から激しい力でしがみつきながら、志乃は股間を突き上げ、やがて絶頂の痙攣《けいれん》を起こしはじめた。昇りつめた膣内の激しい収縮で、小太郎も続いて気を遣り、大きな快感の渦に巻き込まれた。

「く……！」

小太郎も身を震わせて呻き、大量の精汁を志乃の柔肉の奥に勢いよく放った。

最初に会ったときから好意を寄せていた志乃と一つになり、こうして快感を分かち合うことができたのだ。強く思えば気持ちが通じるのだと小太郎は思い、その幸福感の中で最後の一滴まで搾《しぼ》り出した。

「アア……」

志乃も大きな満足を得たように、何度も何度も身を反らせて硬直し、小太郎自身を締め付け続けた。

ようやく動きを止め、小太郎はうっとりと力を抜いて彼女の熟れ肌に身を預けた。

志乃も徐々に全身の強ばりを解き、ぐったりと身を投げ出していった。

重なったまま、溶けて交じり合いそうになるほど、二人は荒い呼吸を繰り返したままじっとしていた。

小太郎は志乃の温もりと匂いに包まれながら余韻に浸り、近々と志乃の顔を見つめた。

志乃は長い睫毛《まつげ》を伏せ、形良い口を半開きにし、白く滑らかな歯並びを見せながら喘いでいる。頬は紅潮し、汗ばんだ額や首筋に、乱れた髪が貼りついていた。

大きな満足の中には後悔など微塵もなく、むしろ欲も得もない菩薩《ぼさつ》のような法悦の表情だと小太郎は思った。

やがて腰を引き、ゆっくりと身を起こしながら股間を引き離すと、

「う……」

ぬるりと引き抜ける摩擦感覚に、志乃が小さく声を洩らした。

小太郎は懐紙で拭う気力もなく、そのまま志乃に添い寝し、甘えるように腕枕してもらった。

志乃も、優しく彼を胸に抱き、甘い匂いのする柔肌に包み込んでくれた。

「知った男は、あなたで三人目です……」

志乃が、まだ息を弾ませながら囁いた。

「そうなのですか……」

小太郎もとぼけて答えた。

「私は、もう普通に悠吾と所帯を持ったり、子を成したりすることはできないのでしょうね……。どうにも、己の淫らな性を持て余すことがあります……」

志乃が言う。小太郎は何か言おうとしたが、先に彼女は身を起こし、まだ精汁と淫水に濡れている彼の股間に顔を寄せてきた。

そして先端を含み、ぬめりを舐め取りながら吸い付いた。

「あ……」

小太郎は、射精直後で過敏に反応しながら声を洩らした。

志乃は念入りに舌を這わせ、互いの交じり合った体液をすすり、ふぐりから肛門までも舐めまわしてくれた。

その刺激に、否応なく小太郎の一物が鎌首をもたげはじめてしまう。

「嬉しい……。お若いから、まだまだできるのですね……」

志乃は心から嬉しそうに熱く囁き、幹の裏側を下から上へ、ぺろぺろと何度も舐め上げはじめた。舌先が、ぬらりと鈴口の下を通過するたび、妖しい快感が走ってぴくりと幹が震えた。

そのたびに志乃も舌の動きを速め、いつしか一物はすっかり元の大きさを取り戻してしまった。

志乃はあらためて先端から根元までを、すっぽりと喉の奥まで呑み込み、口の中をきゅっと締め付けて吸いはじめた。内部ではくちゅくちゅと長い舌が蠢いてからみつき、たっぷりと唾液に浸してきた。

小太郎も、すっかり淫気が回復して、もう一度射精しなければ治まらないほどになってしまった。

志乃は口で果てさせるわけではなく、ある程度の硬度が保たれると知ると、今度は上から跨いできた。座り込みながら、ぬるぬるっと一気に根元まで受け入れ、厠にしゃがむ格好で股間を上下させてきた。

むっちりと量感を増した太腿が、ふるふると悩ましく震え、内部に精汁を残したまま新たな淫水の溢れる陰戸で激しい摩擦を開始した。

「アア……、いい気持ち……」

志乃は顔をのけぞらせて喘ぎ、次第に夢中になって動きを速めていった。小太郎も快感で何も考えられなくなり、下から股間を突き上げて激しく高まっていった……。

第四章　三ツ巴の淫ら快楽地獄

一

「ほう、そうですか。しかし淫気がおありなのだから、それと子種は別の話ですな」

玉栄が、客の侍に言った。

小太郎が藤乃屋を訪ねると、先客がいたのだ。まだ四十前の浪人風の男である。身なりは小綺麗にしており、顔も柔和《にゅうわ》な感じだが腰には重そうな剛刀を帯びていた。

「左様か。ならば艶本では役に立たぬか……」

「ああ、そうそう」

玉栄が、入ってきた小太郎を見て、思い出したように客に言った。

「浅草の丹波屋さんならば、子種を増やす薬ぐらい扱っているでしょう。浜田様。差し支えなければ、この方を丹波屋さんにご案内願えますまいか」

玉栄は小太郎にも声をかけてきた。

「ええ、構いませんよ。私も、特に用事で伺《うかが》ったわけではありませんので」

小太郎は答えた。今日は手習いが昼からなので、のんびりと散歩をし、雑談をしに藤乃屋に寄っただけなのだ。

やがて小太郎は、すぐに浪人とともに店を出て、浅草に向かって歩きはじめた。

「お手数をかけます。私は近藤周助《こんどうしゅうすけ》と申します」

近藤は、息子ほどの年齢の小太郎にも丁寧な物腰で言った。

「浜田小太郎です。丹波屋さんにも顔を出そうと思っていましたから、別に構いません」

「何人か妻を持ったが、どうにも跡継ぎの子に恵まれませんで」

近藤が頭を掻《か》きながら、苦笑して言った。

なるほど、それで藤乃屋に子の授かる本でもないかと探しに来ていたのだろう。

「跡継ぎとは」

「私は、天然理心流《てんねんりしん》という剣術の三代目なのです。最近、牛込の甲良《こうら》屋敷に、試衛《しえい》館という道場を構えたばかりなのですが」

「天然……」

「あはは、聞かぬ流儀でしょう。主に多摩《たま》一帯に出稽古をしております」

近藤は笑みを浮かべて言い、さすがに剣客らしく安定した足取りで足早に歩いた。

「うちの流儀は、三代目の私まで全て養子なものでして、このまま子に恵まれないと、また養子ということになる。もっとも、わが子より素質のある養子の方が良いのかもしれないが」

近藤の言葉で、どこも跡継ぎを得るのは大変なのだなと思った。小太郎自身も、いずれ藩主の座に就けば、嫌でも跡継ぎのことを考えなければならなくなるのだ。

やがて浅草に着いた。

近藤は、年中牛込を出て、多摩のあちこちへ出稽古で歩き回っているから慣れているようだが、その歩調に合わせていた小太郎は足が棒のようになってしまった。しかも近藤は饒舌《じょうぜつ》で、道々ずっと話していたから相槌《あいづち》を打つのも大変で、丹波屋に入ったときには今にも座り込みたくなったほどだ。

今日は店から入ると、帳場にいた彦十郎が驚いて店先に出てきた。

「これは、いらっしゃいませ」

「玉栄先生から紹介された近藤さんです。お薬をお探しなので」

「そうでございますか。では、浜田様は、どうぞ奥でお休みください」

彦十郎は女中に茶を言いつけると、近藤の相手は手代にさせ、自分も奥へ引っ込んでいった。

「はいはい、では手前が伺います。どのような薬をお探しで」

手代が揉み手しながら近藤に言うと、彼は先に小太郎に、

「ご案内かたじけない。ではこれにて」

言って頭を下げた。帰りは別々にするつもりらしく、小太郎もほっとしながら笑顔で一礼し、奥へ入っていった。

座敷で、出された茶を一息に飲むとようやく小太郎も落ち着いた。動悸は治まったものの、足の疲れは治らないが、伸ばして寄りかかるわけにはいかない。

「どうぞ、お楽に。お疲れのようですね」

すぐに彦十郎も入ってきて言った。

「いいえ、何しろ大変に足の速い人で」

「あはは、ご災難でした。そのうち内藤新宿にも店を広げることに致しましょうか」

彦十郎は言い、綾に茶の代わりを言いつけた。

「それで、大変に申し訳ないのですが、私は間もなく所用で出なければなりません。お好きなだけここでお休みになってくださいませ。番頭には、お帰りの駕籠を言いつけておきます」

彦十郎は、そう言って座敷を出てゆき、入れ代わりに急須を持った綾が入ってきた。

「失礼致します」

綾は言って手早く布団を敷き、小太郎にそこに寝るように言った。

「え？　何を……」

「旦那様に言い付かりました。足のお疲れを取れと」

「はあ……」

言われたとおり、小太郎は脇差を抜いて置き、袴を脱いで布団に仰向けになった。手足を伸ばすと、実に身体が楽になった。

すると綾は彼の足袋を脱がせ、足裏を指や拳で圧迫しはじめたのだ。

「ああ、これは気持ちが良い……」

「うちは薬草を採りに旅に出る人が多いので、私はすっかり按摩《あんま》の真似事が上手になってしまいました」

綾は、愛くるしい顔で言った。小太郎と同い年ぐらいなのだが、可憐な笑窪《えくぼ》と幼顔で頑《がん》是無《ぜな》い印象がある。

綾は力の入れ具合を心得、両手で包むようにしながら足裏を親指で揉んでいく。

「とっても上手なんですね」

「本当は、足で踏むこともあるんですけど、若殿様を踏むわけに参りません」

綾は、小太郎の素性を彦十郎から聞いているようだった。

「どうか、それもしてください。構いませんので、いつもと同じように」

小太郎が言うと、綾は少しためらったが、あまりに熱心に促《うなが》され、ようやく決心したようだ。

「旦那様には、内緒にしてくださいね。では、うつ伏せに……」

綾は言い、小太郎も素直に腹ばいになった。すると綾が立ち上がり、彼の足裏を素足で踏みつけてきたのだ。

「ああ、本当にいい気持ちだ……」

小太郎は心から言い、全身の力を抜いた。素足の裏同士が密着し、重みがかかるたびに綾の温もりと柔らかさ、ほんのり汗ばんだ感触までが伝わってきた。

しかし小太郎が楽になるとは逆に、綾の方は緊張が極に達しはじめているようだ。何しろ大藩の若殿という、雲の上の人物を踏んでいるのだ。

やがて充分に足裏を踏んで揉みほぐすと、綾は彼のふくらはぎから太腿まで揉み上げていった。

綾は畏《おそ》れ多さと同時に、少しでも気持ち良くなってほしいという思いが入り混じり、遠慮がちながら彼の脚に跨《またが》り、腰を両手で圧迫しはじめた。

「うん、これも気持ちいい……」

「ご無礼ながら、跨っております」

綾は言いながら手のひらで、ときには拳で腰骨を圧迫し、さらに順々に親指の腹で背中をたどっていった。

背骨の左右を下から上へと押されると、実に心地よい痛み混じりの快感が全身に広がり、疲れが癒《い》えていくようだった。綾は全て、心地よくなるツボを心得ているようだ。

そして肩と腕まで揉み、また首筋から背骨を下がっていく。

圧迫される心地よさのみならず、尻に座り込んでいる綾の温もりと重み、彼女が前屈みになるたび、腰の辺りにこりこりと彼女の恥骨らしき膨らみまで感じられ、疲れが癒えてきた小太郎は次第に淫気を湧き上がらせてしまった。

同じ年恰好の愛くるしい美少女とはいえ、媚薬を扱う薬種問屋に奉公しているのだ。色事の方は、どれぐらいの知識があるのだろう。あれこれ思ううち、うつ伏せになりながら小太郎はむくむくと勃起しはじめてしまった。

「では、もう一度仰向けになってください」

綾が言う。どうやら、仰向けで脚を揉んでくれるらしい。

小太郎はのろのろと仰向けになったが、不自然なほど突っ張った股間の膨らみは隠しようもなかった。

「まあ……」

綾も気づき、思わず声を洩らしてしまった。無視して平然とするには、まだあまりに幼かったのだろう。

「済みません。あまりに心地よかったもので……」

小太郎は言ったが、突っ張りを隠しもしなかった。綾の反応に興味があり、どの程度の知識があるのか知りたかったのである。

「いいえ、どうかお気になさらずに……」

綾は言い、脛《はぎ》から太腿まで揉みはじめたが、彼女の方は気にしないではいられず、可哀相なほど頬を染め、息を熱く弾ませていた。

（これは、あるいは淫気を芽生えさせているのではないだろうか……）

小太郎は思い、直接綾に聞いてみることにした。

「失礼なことを伺います。綾さんは、思う男がおありですか」

「いえ……、特に……」

「彦十郎さんは？」

「実の親のように思っております」

「源太さんや悠吾さんは？」

「良い方たちと存じます。でも、それぞれ許婚のような方がいらっしゃるのに、多くのご新造さんと関係を持つのは、あまり好きではありません」

どうやら綾は、彦十郎からの伝達が、どういう内容かも知っているようだった。

「そうですか。関係を持つというのが、どのようなことをするかはご存知」

「はい。実際には知りませんが、薬を買いに来るお客様が、立ちを良くするものをとか、陰戸がよく濡れるように、などと話では聞いておりますので」

「なるほど」

経験はないが知識はあり、そして恋心を抱く以上に、情交への好奇心は充分にあるようだと小太郎は判断した。

「見てみますか」

「はい。よろしいですか……」

拒まれたら止めようと思っていたのに、綾はすぐその気になってくれた。

「でも、大丈夫かな。ここでこんなことをしても……」

「浜田様がお昼寝なさるかもしれないから、ずっと付ききりでいろと旦那様が。だから、ここへは誰も来ません」

二

急に小太郎はためらったが、綾の方が度胸をつけたように落ち着いて言った。

やがて小太郎は裾を開き、仰向けのまま下帯を解いて一物を露出させた。最大限に張り切った肉棒が、ぶるんと天を衝《つ》いて屹立《きつりつ》した。

「……!」

綾がそれを見て、声をもなく微《かす》かにびくりと肩を震わせた。店には、媚薬を塗布するため一物の図解なども貼られているため、大体の形状は分かっているだろうが生身は初めてだから無理もない。

彦十郎も、若くて綺麗な女中に手を出さないところを見ると、彼の方も娘のように思っているのかもしれない。いや、むしろ綾が小太郎の子種でも宿せば屋敷に側室として招かれ、彼女のためになると思って二人きりにさせたのではないだろうか。

「大きいわ……。こうなっているのですね……」

「どうぞ、お好きなように触ってみてください」

綾の呟《つぶや》きを受けて小太郎が言うと、彼女はおそるおそる手を伸ばしてきた。

柔らかく、うっすらと汗ばんだ手のひらが、やんわりと幹を包み込んだ。

小太郎は彼女の手の中でひくひくと一物を震わせ、快感に息を弾ませた。

「動いています……」

「ええ、気持ち良いのです。もっと強く……」

言うと、綾は少し力を入れてにぎにぎと動かした。

「ああ……」

小太郎は、無垢な視線の下で愛撫を受け、快感に声を洩らした。

綾も、相当に興奮を高めているように肩で息をし、幹からふぐりの方にまで指を這わせてきた。

小太郎は、思わず彼女の顔を股間に引き寄せた。

綾は素直に屈み込み、愛らしい口から赤い舌をちろりと伸ばして鈴口を舐めてくれた。

彼がびくりと反応し、快感を得ていることが分かると、綾の舌の動きも激しくなった。

張り詰めた亀頭を舐めまわし、小さな口を開いてすっぽりと含んでくれた。

「あう……、いいよ、とっても……」

小太郎は、彼女の桃割れの髪を撫でながら言い、温かく濡れた美少女の口の中で肉棒を震わせた。

綾も次第に慣れてきたように口をもぐもぐさせ、熱い息で彼の股間をくすぐりながら、くちゅくちゅと舌を蠢《うごめ》かせてきた。たちまち肉棒は清らかな唾液にまみれ、無邪気な愛撫に高まっていった。

小太郎は、腰を引いて彼女の口を離させ、そのまま抱き寄せて添い寝させた。

綾も素直に身を寄せ、熱い息をついている。

小太郎は唇を重ね、ぷっくりした弾力ある感触を味わった。綾の吐息は、やはり果実のように甘酸っぱい芳香がして、口の中はとろりとした大量の唾液に濡れていた。

舌をからめ、彼女の胸元を広げて手を差し入れていくと、

「んんっ……！」

綾が小さく声を洩らし、反射的にちゅっと強く彼の舌に吸い付いてきた。

小太郎は乳首を探り、ようやく口を離して彼女の胸に顔を押し当てていった。着物の内には何とも甘ったるい赤ん坊のような体臭が籠もり、乳首も桜色の初々しいものだった。

大きさはそれほどでもないが、張りがあって実に感じやすそうだ。

乳首を含んでもう片方をいじると、

「あん……!」

綾が小さく声を上げ、無垢な柔肌を強ばらせた。

小太郎はもう片方の乳首にも吸い付き、舌で転がしながら馥郁《ふくいく》たる肌の匂いを心ゆくまで嗅いだ。

綾は、まだくすぐったい感覚の方が強いのだろう。少しもじっとしていられずにくねくねと身悶え、声を殺して喘ぎ続けていた。

小太郎は身を起こし、彼女の下半身に向かった。そして、さっき踏んでくれた素足にしゃぶりついた。指の股の匂いを嗅ぎ、足裏と爪先に舌を這わせたのだ。

「あッ……、い、いけません……」

綾が驚いて足を引っ込めようとしたが、小太郎は構わず、両足とも念入りに味わった。

そして着物と腰巻の裾をめくりながら、徐々に脚を舐め上げ、やがて彼女の股間まで丸出しにしていった。

「さあ、もっと開いて」

「アア……、は、恥ずかしい……」

綾は両手で顔を覆いながらも逆らわず、小刻みに膝を震わせながら股を開いていった。

小太郎は屈み込み、綾の陰戸に顔を寄せた。同じ生娘でも、圭とはやはり年齢が若いだけ趣も違う。

若草もほんの一つまみ、楚々《そそ》と恥ずかしげに煙っているだけ。割れ目も肉づきが良く、はみ出している花弁もほんの僅かだった。

指を当てて陰唇を左右に開くと、

「あぁッ……！」

触れられて、綾が鼻にかかった声で喘いだ。

中は薄桃色の柔肉、膣口も小さく、オサネも包皮の下に隠れていた。しかし蜜汁は意外なほど多く溢れ、彼女が相当に淫気を高まらせていることが知れた。

初々しい眺めに堪らず、小太郎はぎゅっと顔を埋め込んでしまった。

「ああ……、駄目です、汚いから……」

綾は遠慮がちに言い、くねくねと腰をよじりながら避けようとした。もちろん小太郎は腰を抱え込んで押さえつけながら、舌を這わせはじめた。

若草に鼻をこすりつけると、甘ったるい汗の匂いと、ほんのり刺激的な残尿、その他の蒸《む》れた体臭がうっとりするような悩ましい芳香となって彼の鼻腔を掻き回した。

割れ目の表面は淡い汗の味がし、内部へ潜り込ませていくと、次第にぬるっとした淡い酸味が感じられはじめた。

細かな襞を探るように舐めまわし、柔肉をたどってオサネに達した。上唇で包皮を剝《む》き、露出した突起を小刻みに舐めると、

「あ……、ああン……！」

綾が顔をのけぞらせて悩ましく喘いだ。

小太郎は彼女の両足を浮かせ、愛らしい尻の谷間にも鼻を押し付け、可憐な蕾に籠もった秘めやかな匂いを味わいながら舌を這わせ、細かな襞の震えを堪能した。

「そ、そこは……、いけません……」

綾が言うが、その声は消え入りそうにか細くなっていた。

小太郎は念入りに美少女の肛門を舐め、脚を下ろして再び割れ目を舐め回した。僅かの間に、蜜汁の量が格段に増し、オサネに吸い付くと内腿がぎゅっときつく彼の顔を締め付けてきた。

舌先をオサネに集中させ、弾き上げるように舐め続けていると、

「あうう……、な、何だか、身体が……、アアーッ……！」

綾は気を遣る波が断続的に押し寄せてきたように声を上ずらせ、がくがくと狂おしく腰を跳ね上げはじめた。

小太郎は彼女が本格的に達してしまう前に顔を離し、身を起こしていった。

そして充分すぎるほど淫水に濡れている割れ目に先端を押し当て、感触を嚙《か》み締めながらゆっくりと貫いていった。

「く……！」

綾は眉をひそめ、奥歯を嚙んで呻《うめ》いた。今までの宙に舞うような心地よさから、いきなり激痛に突き上げられたのだ。

もちろん綾は情交の知識もあり、最初が痛いことも承知しているのだろう。だから拒《こば》むようなこともなく、彼自身を根元まで受け入れて下からしがみついてきた。

完全に身を重ね、小太郎は綾の熱いほどの温もりときつい締め付け、吸い付くような柔襞の感触を心ゆくまで味わった。

動かなくても小刻みな収縮が伝わり、さらに一番奥から、綾の若々しい脈動がどくんどくんと先端に響いてくるようだった。

小太郎は再び上から唇を重ね、美少女の甘酸っぱい息と甘く濡れた舌を感じながら、少しずつ腰を突き動かした。

「う……ん……」

綾が顔をしかめて呻いた。

「大丈夫ですか。無理なら止めます」

「いいえ、平気です……」

口を離して囁くと、綾は健気《けなげ》に答えた。

小太郎は律動を続行し、とうとう激しい快感の波に巻き込まれてしまった。

「ああ……、綾さん……」

小太郎は口走り、ありったけの熱い精汁を注入し、気遣う余裕も吹き飛んで股間をぶつけ続けた。綾もしっかり両手を回しながら痛みに耐え、初めての体験を終えて大人の仲間入りをしたのだった……。

三

「さて、今日も頑張りましたね。ではまた明日」

志乃が言うと、子供たちは後片付けをして帰っていった。

手習いの間中、小太郎は綾と情交したばかりと言うのに、志乃や光の美貌にぼうっとなり、ややもすれば子供への教えも滞《とどこお》りがちになってしまった。

昼には駕籠で浅草の丹波屋から戻り、軽く昼餉を済ませて志乃の部屋の二階に行ったのである。すでに光も来ていて、子供たちを迎える準備を整えていた。

綾は僅かに出血したが後悔の色はなく、生来の明るさで笑みを浮かべ、小太郎を送り出してくれた。

手ぐらい洗ったが、情交を終えたすぐ後に無垢な子供たちに手習いを教えるというのも妙に背徳的な気がした。

しかも小太郎は、志乃とも光とも関係を持ってしまっているのだ。だから雑念と淫欲ばかりが交錯し、なかなか手習いに集中できなかったのである。

それでも何とか、今日の分は終えた。

小太郎が机を片付けると、子供らを見送りに行っていた志乃と光も二階に戻ってきた。

そして二人は、そのまま黙々と床を延べはじめたのである。

「え……？　何を……」

「戸締りはしてきました。どうか、今日は三人で」

志乃が言った。すっかり女同士で話し合いは済んでいるように、光も恥じらいを含みながら志乃を手伝い、一向に戸惑う様子は見せなかった。

女同士で情を通じ合っていると聞いたが、そのつながりは、同じ男を同時に味わう欲求にまで容易に高まるものなのかもしれない。

小太郎がためらっていると、昼日中というのに二人は帯を解き、着物も襦袢も脱いで腰巻だけの姿になってしまった。たちまち白く滑らかな二人の肌が露出し、室内にも女たちの甘ったるい匂いが立ち込めはじめていた。

どうやら、手習いに集中できなかったのは小太郎だけではなく、志乃も光もこのことを思い充分に淫気を高めていたようだった。

「さあ、もうここへは誰も来ません」

志乃が促すように言い、小太郎の手を引っ張って布団に座らせた。すると二人が左右から迫り、彼の袴や帯、足袋に着物を脱がせはじめたのだ。

小太郎も言いなりになって、下帯だけの姿になると、布団に仰向けになった。

もちろん綾との情事は、今の淫気の妨《さまた》げや疲労にはなっていなかった。むしろ志乃の甘い匂いの染み付いた布団に横たわっただけで、小太郎は夢見心地になって二人の美女を見上げた。

たちまち下帯は二人の手によって取り去られ、二人も最後の一枚を外して、彼に左右から添い寝してきた。

もちろん妖しい期待に、小太郎の一物は激しく屹立していた。

「アア、可愛い……。やはり私たちは、それぞれで男と暮らすより、同じ男を一緒に味わうのが合っているのかもしれないわね……」

「ええ、志乃様。それに浜田様は、まだ初々しいから他の女とは何もないでしょう。まだ私たちだけのものですわ」

二人は、小太郎を間にして話し合い、その間も彼の肌を遠慮なく撫で回していた。

小太郎は、女同士が勝手な会話をしていることで自分が無視され、快楽の道具のように扱われていることに激しい興奮を覚えた。

やがて身体を密着させていた二人は、とうとう左右から小太郎の頬に唇を押し付けてきた。舌を這わせ、熱い息を弾ませながら唇へと移動してくる。

その動きは、まるで申し合わせたように左右とも同じようで、間もなく小太郎の唇は、二人の美女の口吸いを同時に受けた。

右に志乃、左から光がのしかかり、彼の唇が半分ずつ塞《ふさ》がれたのだ。どちらもほんのりと唾液に湿って柔らかく、微妙に違う感触が伝わり、しかも熱く湿り気ある吐息も混じり合い、何とも言えない芳香となって彼の鼻腔を満たしてきた。

二枚の舌が潜り込むと、小太郎も前歯を開いて受け入れた。

二人は争うように舌を這わせ、ことさらに混じり合った唾液を注ぎ込んできた。小太郎はとろりと生温かく、小泡の多い美酒でうっとりと喉を潤した。

それぞれの舌を探ると、ぬめりや微かなざらつき、蠢《うごめ》き方や味なども微妙に違っているのが分かった。

三人で延々と舌をからめているうち、溢れた唾液が顎《あご》を伝い、狭い空間に吐息が籠もるから顔中までがじっとりと湿り気を帯びてくるようだった。

二人の美女に弄《もてあそ》ばれるなど、一生に一度の体験かもしれない。小太郎は受身に徹し、欲望を隠さずにぶつけてくる美女たちに身を任せた。

やがて充分に三人で舌を舐め合うと、先に志乃が離れ、続いて光も唇を離して、彼の頬を舌でたどっていった。三人による長い口吸いが終わると、急に目の前が明るくなり、室内の空気がひんやりと感じられるほどだった。

二人は、それぞれに彼の耳たぶを噛んだり、耳の穴を舐めたりしながら舌で首筋を這い下りていった。

そして小太郎の左右の乳首に、二人が同時にちゅっと吸い付いてきた。

「ああ……」

小太郎は快感に喘ぎ、くねくねと身をよじって反応した。

志乃は舌を這わせ、悪戯《いたずら》っぽく歯を立ててきた。光も音を立てて吸い付き、熱い息で肌をくすぐってくる。

それぞれの感触や愛撫の違いに、小太郎はじっとしていられないほどの快感を得た。

しかも、乳首を離れた二人は、徐々に彼の快感の中心へと移動しはじめたのである。

二人の舌が肌のあちこちを這い回り、ナメクジが這ったように唾液の痕《あと》を縦横に印《しる》しながら下腹部に達した。

混じり合った熱い息が、一物にかかった。

二人は体勢も変え、大きく開かれた小太郎の、それぞれの脚を跨ぐようにして股間に顔を寄せてきた。そのため、彼の太腿には二人の乳房が押し付けられ、脛あたりには濡れた陰戸までが感じられた。

志乃がふぐりにしゃぶりつくと、光も頬を寄せ、同じようにしてきた。

睾丸が一つずつ吸われ、熱い息が股間に籠もった。

「あう！」

強く吸われるたび、小太郎は腰を浮かせて声を洩らした。

先に志乃が幹を舐め上げ、続いて光も側面に舌を這わせてきた。そして鈴口から滲《にじ》んでいる粘液を志乃が舐め取ると、その唾液の痕をたどるように光が舐めまわしてきた。

「大きいわ……」

「ええ、こんなに硬くなって……」

二人は囁き合い、代わる代わる亀頭をしゃぶりはじめた。舌を這わせながら吸い付き、すぽんと離すと、すぐにまた含まれる。どうやら二人も夢中で、綾の残り香などは気づかないようだった。

ここでも、それぞれの温もりや感触、吸い付き方や舐め方の微妙な違いが分かった。

もちろんどちらも心地よく、一人にずっと愛撫されるより、変化があるぶん快感も倍加していた。

しかも二人は、柔らかな乳房を肉棒に押し付け、その谷間で優しく揉んでくれた。さらに彼の両足を浮かせ、交互に肛門を舐め、ぬるっと舌を押し込んできたのだ。そのうえ唾液に濡れた肛門に、乳首まで押し付けてきた。

これほどの快感がまたとあろうか。小太郎は、肛門に美女たちの舌や乳首を感じながら締め付け、じわじわと高まってきた。

二人は彼の脚を下ろし、再び争うように肉棒にしゃぶりついてきた。

果ては二人が唇を重ね、間に亀頭を挟んで同時に吸い、激しく舌をからめてきた。

「い、いきそう……」

小太郎は急激に高まり、いよいよ危うくなったので警告を発した。

しかし二人は、一向に濃厚な愛撫を止めようとせず、さらに舌の動きや吸引を強めてきたのだ。

肉棒全体は、混じり合った唾液にねっとりとまみれ、同時に吸われながら、とうとう小太郎は激しい快感に貫かれてしまった。

「く……！」

奥歯を噛み締めて呻き、勢いよく熱い精汁をほとばしらせた。注意を促したのに、愛撫を止めなかったのだから、出しても構わないということだろう。

もう我慢せず、小太郎は心置きなくどくんどくんと射精し続けた。

「あん……！」

顔を直撃されて光が声を上げ、志乃の顔中にも白濁した粘液が飛び散っていた。

小太郎は放出する快感とともに、美女たちの口や顔を汚す快感も存分に味わった。しかも二人を相手だから興奮も倍である。

志乃と光は交互に先端を含んで精汁を吸い、小太郎も、とうとう最後の一滴まで最高の気分で出し尽くした。

二人は執拗《しつよう》に鈴口を舐めまわし、もう出ないと知るとようやく口を離して、今度は互いの顔に飛び散った精汁や、唾液交じりに口から滴った分を舐め合った。

その艶めかしい光景に、小太郎はすぐにも回復してきそうな興奮を覚えた。

やがて舐め尽くすと、二人は再び彼の左右に添い寝してきた。

「ね、お願い。今度は浜田様の番ですよ」

志乃が言い、促すように彼の身体を押しやった。小太郎は余韻に浸る間もなく身を起こし、並んで仰向けになっている全裸の美女たちを見下ろした。

二人は互いの豊かな乳房を揉み合い、まだ精汁が残っているように濡れて光る唇を舐め合っていた。二人とも下半身は投げ出しているので、臍《へそ》より下を小太郎に任せるというつもりらしい。

女同士の艶めかしい行為に、小太郎は胸を高鳴らせながら、まずは志乃の爪先から舐めはじめていった。

「ク……、ンン……」

口を吸い合いながら、志乃が熱く呻いた。

小太郎は、指の股に籠もるほのかな匂いを味わいながら、順々に指をしゃぶり、足裏を舐め、光の方も平等に愛撫した。

四

どちらも足の指が形よく、それぞれに悩ましい匂いを指の間に籠もらせていた。

小太郎は、全て味も匂いも消え去るまで舐め尽くし、先に志乃の脚の内側を舐め上げていった。

脛も太腿もすべすべで、小太郎は唇と舌のみならず、顔中もこすりつけながら内腿を這い上がっていった。もちろんその間、光の方にも指を這わせ、内腿から陰戸までを探っていた。

やがて顔を進めると、志乃が自分から股を開いてきた。上品に茂った恥毛が震え、割れ目からはみ出した花弁がたっぷりと蜜汁に濡れている。

指で探る光の割れ目も、同様に熱くぬるぬるしていた。

小太郎は志乃の股間に顔を埋め、茂みに籠もる懐かしく艶めかしい匂いで鼻腔を満たしながら、濡れた花弁に舌を這わせはじめた。

大量の蜜汁が、淡い酸味を含んで彼の舌を濡らし、息づく柔肉が包み込むように蠢いてきた。

「アア……、いい気持ち……」

志乃が、光から唇を離して喘ぎ、光も彼女に抱かれながら乳首に吸い付いていった。

小太郎はオサネを舐めまわし、溢れる淫水をすすってから、すぐに隣の光の股間に潜り込んでいった。

こちらも懐かしい体臭が馥郁《ふくいく》と染み付き、小太郎は若草に鼻をこすりつけながら溢れた蜜汁を舐め回した。味も色合いも、匂いも舌触りも違う。その違いが、交互に舐めるため良く分かった。もちろんどちらも艶めかしく、実に贅沢《ぜいたく》なことである。

「ああン……、もっと……」

オサネを舐めると、光が鼻にかかった甘えるような声で言い、新たな淫水を湧き出させてきた。

小太郎が充分にオサネを舐め、光の尻のほうへと舌を這わせていくと、彼女もそれに合わせて仰向けの志乃の上に重なっていった。

完全に光がうつぶせになって尻を突き出す形になると、小太郎は谷間に顔を押し付け、ほのかな匂いを嗅ぎながら肛門の襞を舐め回した。

「ああ……、く、くすぐったい……」

光が志乃の乳房に顔を埋めながら言い、志乃も下から彼女を抱きすくめていた。

小太郎が舌を潜り込ませ、肛門内部まで味わってから顔を離すと、光の陰戸から糸を引いて滴《したた》った淫水が、下にいる志乃の股間を濡らし、混じり合った蜜汁が割れ目いっぱいに溢れていた。

何という艶めかしい眺めだろう。

小太郎は潜り込み、二人分の蜜汁に熱く濡れている志乃の陰戸に舌を這わせた。

さらに二人の肛門に両手の人差し指をぬるっと押し込み、親指を陰戸に入れ、間のお肉をつまんだ。

「アアッ……、な、何してるの……！」

志乃が咎《とが》めるように言ったが、前後の穴を締め付けて指を離そうとしない。

小太郎は、左右の手でそれぞれの美女の肉をきゅっきゅっと圧迫するようにつまみ、前後の穴の感触を味わった。まるで、出来立ての大きな饅頭《まんじゅう》か餅の中にでも指を突っ込んでいるようだ。

「お、お願い……。指でなく、本物を入れて……」

志乃が、お嬢様育ちとも思えぬ悶えようで要求してきた。

もちろん小太郎も、二人の股間を交互に舐めているうちにすっかり回復し、いつでも挿入できるようになっていた。

やがて小太郎は、二人の前後の穴からそれぞれの指をゆっくりと引き抜いた。

「あう……」

ぬるりと指が引き抜けると、二人は同時に声を洩らした。

二人の肛門に入っていた両の人差し指は、特に汚れの付着もなく爪にも曇りはなかったが、ほんのりとした香りが小太郎を高まらせた。陰戸に埋まり込んでいた両の親指は、まるで湯上がりのように指の腹が皺《しわ》になり、攪拌《かくはん》されたように白っぽく濁った淫水にまみれてふやけていた。

やがて小太郎は身を起こし、膝を突いて股間を進めた。

何でも志乃を先にしてきたが、今度は尻を突き出している光の腰を抱え込み、先に後ろから陰戸を貫いていった。

「ああッ……!」

光が、志乃にしがみつきながら喘ぎ、突き出した尻をくねくねと動かしながら、一物を根元まで呑み込んでいった。

実に締まりが良く、温かなぬめりも豊富で心地よかった。小太郎は深々と押し込み、光の尻の丸みと弾力を味わいながら、何度かずんずんと乱暴に腰を前後させた。

さっきの、二人同時に舐められて発射したときの快感が絶大だったので、今しばらくは少々刺激しても暴発する心配はなさそうだった。

「アアーッ……、いいわ、もっと突いて、奥まで……！」

光は志乃の乳房に顔を埋めながら、自分からも尻を前後に動かしはじめていた。

動くたびに濡れた柔襞が摩擦され、くちゅくちゅと淫らな音が響いた。溢れて滴る淫水は、また下にいる志乃の陰戸をぬめらせていることだろう。

「早く、こっちにも……」

待ちきれないように志乃が言うと、小太郎も一気にぬるっと光の陰戸から引き抜いた。

「あン……！」

光は不満げに声を洩らしたが、志乃に逆らうわけにはいかない。

抜いた一物と光の陰戸を、粘つく蜜汁が淫らに糸を引いていた。小太郎は、光の淫水に濡れた亀頭を志乃の割れ目に押し当て、ゆっくりと挿入していった。

微妙に違う温もりと感触の中、小太郎は根元まで押し込んで快感を嚙み締めた。

ようやく光も志乃の上から身を離し、再び添い寝して乳首を含んでいた。

小太郎もずんずんと腰を突き動かしながら身を重ね、屈み込んでもう片方の乳首に吸い付いた。

「ああ……、いいわ、とっても気持ちいい……」

志乃が身悶えて口走り、下から激しくしがみついてきた。

次第に小太郎の腰の動きが止まらなくなり、絶頂に向けて勢いよく突っ走りはじめてしまった。美女二人に順々に挿入したのだから無理もない。

小太郎は志乃のみならず、隣から身体をくっつけている光の乳首にも吸い付き、さらに伸び上がって二人の口を交互に吸い、舌をからめた。

しかし、「お願い、いよいよ小太郎が昇りつめようとすると、浜田様。光にも気持ち良くさせてあげて」

志乃が言い、身を離してきた。

どうすればよいのか、とにかく小太郎は身を起こし、いったん志乃から引き抜いた。

すると志乃は彼を仰向けにし、光を上から跨がせて挿入したのだ。

再び、志乃とはまた違う感触の膣内に肉棒が深々と納まった。

「ああン……!」

茶臼《ちゃうす》で跨り、光が上体を反《そ》らせて喘いだ。

どうやら志乃は、自分は小太郎と同じ長屋だから、また夜にでも二人ですれば良いと思い、今回の挿入射精は光に譲ったようだった。

その代わり自分は、大胆にも上から小太郎の顔に跨り、光と向かい合いに抱き合ったのだった。

「むぐ……！」

小太郎は憧れの志乃に座られ、鼻も口も割れ目と尻に塞がれて呻いた。

真下から陰戸に舌を這わせると、志乃がくねくねと腰を動かし、彼の顔中に割れ目をこすりつけてきた。たちまち小太郎は志乃の匂いに包まれ、大量の淫水で顔中がぬるぬるにまみれた。

小太郎の口が陰戸に密着すると、鼻には志乃の肛門が押し当てられ、可憐な襞の蠢きと収縮を伝えてきた。彼は懸命に舌を伸ばし、彼女の前後を念入りに舐めた。

「アアッ……！」

志乃が喘ぎ、向かい合わせの光と乳房をもみ合い、唇を重ね合っているようだ。

そして光も、上から小刻みに股間を動かし、熱く濡れた陰戸の中で肉棒を摩擦しはじめてきた。

溢れる淫水がふぐりから内腿に伝う様子までが手に取るように分かり、小太郎は顔と股間に二人の美女を乗せたまま高まっていった。

たちまち激しい快感が全身を満たし、小太郎は呻きながら股間を突き上げ続けた。

その射精の勢いに光も気を遣ったらしく、激しくもがきはじめた。

そして光の絶頂が伝わり合ったように、志乃もまた小太郎の顔の上で身をよじり、がくがくと痙攣を起こしていた。

小太郎は全身に美女たちの温もりと重みを感じながら、最後の一滴まで心地よく放出し尽くした。

しかし出し切って激情が過ぎると、余韻に浸る余裕もなく、急に二人の重みが息苦しくなり、脱力感の中で懸命にもがいた。

ようやく志乃が先に顔から離れてくれると、光が彼の上に身を重ねてきた。

今度こそうっとりと余韻を感じることができ、小太郎は光の吐息を感じながら舌をからめた。

隣からは志乃が添い寝し、いつまでもぴったりと身を寄せ、まだつながっている二人を同時に優しく抱きすくめてくれた。

五

——いよいよ明日は、圭が帰ってくる日になった。

その前日の夕刻、小太郎が夕餉を終えて後片付けをしていると、志乃が入ってきた。

「明日ですね。悠吾たちも戻り、特別な日々も今夜で終わりです」

「そうですね……」

洗い物を手伝ってくれる志乃の言葉に答え、小太郎は戸締りをした。今夜で最後というからには、二階に上がっていくつもりだろう。

「光との三人も良いけれど、やはり最後は二人で……」

志乃が言い、やがて二人は二階へ上がっていった。

暮れ六つの鐘が鳴ったばかりで、まだ外は薄明るい。小太郎は床を延べ、帯を解いて着物を脱いだ。志乃も手早く脱いで、すぐに腰巻一枚の姿になってしまった。

「なぜ、こんなに心が燃えるのでしょう……」

布団に座ったまま、志乃がぽつりと言う。

「浜田様を好きなのかどうかも、自分で良く分からないのに……」

「一番好きなのは、きっと田崎さんだけなのでしょう。その人と、情交の回数が減ったから、身近な私に気持ちが向いたのだと思います」

小太郎も下帯一枚になり、布団に座ったまま答えた。

「顔を跨ぐなど、悠吾にできぬことを自分からしてしまいました。いったん人の道を外したと思ったら、後は何でもできるようになってしまい、そんな自分が怖いのです。もっとも、悠吾とともに国を出たときから、人の道は外してしまったのでしょうけれど……」

志乃は、指先で小太郎の首筋から胸元へとたどりながら言った。

悠吾とは、こうした戯《たわむ》れなども疎《うと》くなっているのかもしれない。

「好きだからできること、できぬことがあるのでしょうね。ですから私などとは所詮一期一会、田崎さんにできぬことを遠慮なくぶつけてください」

小太郎は淫気を高まらせながら言い、下帯も解いて勃起した一物を露出させた。そして彼女の愛撫を待つように仰向けになると、志乃も最後の一枚を取り去った。

「本当に、好きにしてよろしいですね……」

志乃が囁き、仰向けの小太郎の上から覆いかぶさってきた。

ぴったりと唇を重ね、激しく舌をからめながら大量の唾液をとろとろと注ぎ込んだ。

小太郎は、生温かな粘液を飲み込み、下から乳房に手を這わせながらうっとりと力を抜いた。

すると志乃は、いきなり彼の唇にきゅっと嚙み付いてきた。

「う……」

小太郎は驚いて思わず呻いたが、もちろん血が出るほどきつく嚙み締めたわけではない。

それでも淑《しと》やかな美女が荒々しく歯を立ててくるのは興奮した。

志乃は彼の口を噛んでから頬に移動し、やはり痕《あと》にならぬ程度の愛咬を繰り返しながら下降していった。

そして着物に隠れる部分、胸や腋に達すると、今度は遠慮なく歯を食い込ませてきた。

「ああッ……、し、志乃さん……！」

小太郎は拒むように身をよじったが、志乃は力を緩めなかった。しかもきつく歯を噛み締めながら強く吸うものだから、確実に痕が印されてしまうだろう。

圭とは何もないと言ってしまった手前、見つかるから困るとも言えず、小太郎は身悶えながら嵐が過ぎ去るのを待つしかなかった。

乳首を噛まれると甘美な痛みが走り、次第に小太郎も夢中になってきてしまった。

彼が感じ、悦んでいると知ると、志乃も嬉々《きき》として愛咬に力を込めてきた。

両の乳首から脇腹に移動すると、志乃は大きく開いた口で肉を頬張り、きゅっきゅっと咀嚼《そしゃく》するように噛み締めた。

熱い息が肌をくすぐり、歯が食い込むたびに小太郎はウッと息を詰めて呻き、くねくねと身をよじった。彼女が移動した部分を恐る恐る見ると、半月型を向かい合わせたような歯形がくっきりとつき、唾液に濡れた肌が強く吸われて薄紫に変色していた。

「ど、どうか、もう少し力を抜いて……」

小太郎が言うと、

「嫌。好きにして良いと仰ったでしょう」

志乃は気性の激しい一面を見せて答え、まるで獲物を少しずつ食べていくように嚙みながら移動していった。

そして彼女は、とうとう大きく開いた彼の股間に陣取り、小太郎の内腿にも愛咬を繰り返しながら股間に迫ってきた。

「あう……！」

強く嚙まれるたび、小太郎はじっとしていられない刺激に声を洩らし、腰をよじって反応した。あるいは志乃は、歯形や口吸いの痕ばかりでなく、血を流すまで愛撫したいのかもしれない。

特に内腿は激しく嚙み、実際血が滲んだと思えるほどの痛みが走った。

やがて志乃の口が、すっぽりと亀頭を含んできた。

もちろん彼女の口が一物に達したときは、注意するまでもなく凶悪な歯は唇に覆われ、一転して柔らかな感触でくわえられた。

舌が滑らかに先端を這い、吸引だけは相変わらず強く亀頭が引っ張られた。

志乃はふぐりから肛門まで舌を這わせてから、再び一物を含み、そのまま身を反転させて彼の顔を跨いできた。

小太郎は下から白く豊かな尻を抱え込み、志乃の悩ましい匂いを嗅ぎながら肛門と陰戸にまんべんなく舌を這いまわらせた。お返しに、滑らかな内腿に思い切り嚙み付きたい衝動に駆られたが、そうもいかないだろう。

とにかく執拗にオサネを舐め続けると、

「あぁッ……！」

ようやく志乃が喘ぎはじめ、先端から口を離して悶えた。

「どうか、上に……」

志乃が言い、口での愛撫は気が済んだように上下入れ代わってきた。

小太郎は身を起こし、仰向けになった志乃にのしかかっていった。もちろん彼も充分すぎるほど高まっているので、先端を熱く濡れた陰戸に押し当て、一気に根元まで貫いていった。

「アア……、なんて、いい気持ち……！」

ぬるぬるっと肉棒が潜り込むと、志乃が声を上ずらせて口走り、下から激しい力でしがみついてきた。

股間同士をぴったりと密着させ、小太郎は身を重ねてずんずんと腰を突き動かした。

内部は熱く濡れ、柔襞も激しく吸い付くように彼自身を締め上げてきた。

小太郎は高まる快感に喘ぎながら、志乃の乳首に吸い付き、甘ったるい体臭に包まれて高まっていった。

志乃も、それこそ血が滲むほど彼の背に爪を立て、股間を突き上げながら狂おしく身悶えた。確かに、この激しさが毎晩も続くとなると、悠吾でなくとも出来なくなってしまうだろう。

小太郎は絶頂を迫らせながら乳首から口を離し、彼女に唇を重ねていった。

甘く上品な息を嗅ぎながら舌をからめ、腰の動きを速めていくと、

「アアーッ……、い、いくッ……！」

志乃が口を離し、顔をのけぞらせて声を上げた。同時にがくんがくんと身を反らせるように痙攣《けいれん》し、小太郎を乗せたまま激しい力で股間を跳ね上げた。

膣内は実に悩ましい収縮と吸引を開始し、続いて小太郎も大きな絶頂の津波に巻き込まれてしまった。

「く……！」

奥歯を噛み締めて呻き、小太郎は激しい快感に身悶えた。股間を強く叩きつけるように

律動し続けると、肌のぶつかり合う音とともに、濡れ雑巾でも叩くように湿った音が淫らに響き渡った。

互いに全身をこすりつけ合いながら気を遣り、やがて最後の一滴まで絞り尽くすと、小太郎は徐々に動きを緩めていった。

「ああ……」

志乃も声を洩らし、徐々に魂まで抜けていくようにぐったりと身を投げ出していった。

完全に動きを止めると、小太郎は志乃に体重を預けて余韻に浸った。志乃も、すっかり満足したように力を抜いていた。

ようやく股間を引き離し、小太郎は彼女の隣に仰向けになった。

志乃はまだ興奮さめやらぬように抱きつき、小太郎の肌を撫で回し、何度も唇を求めてきた。愛撫を受けながら、本当に情の強《こわ》さというのは見かけだけでは分からぬものだと小太郎は思った。

そして余韻から醒《さ》めると、急に全身の痛みが気になってきた。背中や、あるいは脇腹や内腿のあちこちが疼《うず》くのだ。

見てみると、やはり歯形のあちこちからうっすらと血が滲んでいた。

「うわ……、大丈夫かな……」

小太郎が言うと、志乃も我に返って彼の傷に舌を這わせてくれた。

「大事ありません。着物を着れば見えないし、一日二日で治るでしょう」

志乃は言ったが、明日には圭が帰ってきて、溜まりに溜まった欲望を向けてくるに違いないのだ。

情交に夢中なときは、痛みすらも快感となって気にしなかったが、今となって急に小太郎は心配になってきた。

やがて志乃は懐紙で股間を拭って身を起こし、身繕いをはじめた。今夜は、もうすっかり満足して引き上げるのだろう。小太郎も一物を拭いて寝巻きを羽織り、帰っていく志乃を見送りに一緒に階下に下り、戸締りをした。

そして手ぬぐいを水で濡らし、肌に印された歯型や吸われた痕に押し当てた。

気休めに過ぎぬかもしれないが、とにかくするだけのことをして、小太郎は眠りについたのだった……。

第五章　淫乱怒濤に巻き込まれ

一

「良い旅だった。江ノ島の海は、やはり江戸の海とはどこか違う」

昼過ぎ、長屋に戻った圭が言い、土産物《みやげ》を出してくれた。

初めて、国許や江戸以外の様々な土地を見てまわり、すっかり満足したように晴れ晴れとした表情をしていた。

「そうですか。それは良かった。こちらも変わりないです」

小太郎は言いながら、干物や菓子の土産をもらった。

「女たちばかりで賑《にぎ》やかだったでしょう」

「ああ、松枝先生の足も良いようだったし、みな初めての遠出にはしゃいでいた」

圭は道中のことや江ノ島の海、弁財天や宿、風景のあれこれを説明してくれた。特に危険なこともなく、女たちは色気抜きで楽しんできたようだった。

「では、お疲れでしょう。今日はゆっくり休んでくださいね」

小太郎は、遠まわしに圭を追い返すように言った。実はまだ、志乃に印された痣《あざ》が残っているのだ。歯型や爪痕は何とか癒えたが、それらが変色し、口吸いの痕と一緒に肌があちこち斑《まだら》になっているのである。

「どこかへ出かけるのか」

「ええ、藤乃屋さんに顔を出さないとなりません」

「艶本屋とのお喋《しゃべ》りなら、今日でなくても良かろう」

圭は、小太郎の部屋を勝手に戸締りし、二階に誘おうとした。数日ぶりで、淫気も溜まっているのだろう。しかも、圭はいったん思ったら是が非でも行なうだろうし、かえって避けるようなそぶりをしたら逆効果だった。

「どうせ今日は道場もお休みだ。さあ」

圭は彼の手を引き、小太郎も仕方なく二階に上がっていった。夜ならまだしも、昼日中では痣に気づかれてしまいそうだ。

途方に暮れながら、小太郎もまた久々に会う圭に淫気を覚えていた。

二階に上がると圭は小太郎の布団を敷き、すぐにも帯を解きはじめた。そして脱いでいる間も情が高まり、待ちきれないように抱きついてきた。

「会いたかった……」

圭は熱く囁き、ぴったりと唇を重ねてきた。

小太郎も舌をからめ、懐かしく甘酸っぱい圭の吐息で胸を満たし、とろりとした生温かな唾液で喉を潤した。

「ンンッ……！」

彼女も激しく小太郎の舌に吸い付きながら、忙しげに着物を脱いだ。小太郎も袴と着物を脱ぎ、互いに下帯と腰巻だけの姿で布団に倒れ込んでいった。

このまま、快感に夢中になってしまえば圭は何も気づかないだろう。それには小太郎が受身にならず、自分から積極的に愛撫するべきだと彼は思った。

圭を仰向けに押し倒し、小太郎は上からのしかかりながら、なおも彼女の甘く濡れた口の中を舐めまわし、豊かな弾む乳房を揉みしだいた。

ようやく唇を離し、小太郎は彼女の汗ばんだ首筋から、ゆっくりと乳首へと移動していった。肌はどこも悩ましく甘ったるい匂いを放っている。何しろ、小太郎会いたさに急ぎ足で帰ってきたのだろう。

「あぁッ……！」

乳首を含まれ、圭がびくっと顔をのけぞらせて喘いだ。

小太郎は舌で弾くように舐め、もう片方にも吸い付いて軽く嚙み、舌で転がしながら腋の下にも潜り込んでいった。淡い腋毛の隅々にも、乳に似た甘い匂いが籠もり、小太郎は激しく興奮しながら彼女の肌を下降していった。

しかし、その時である。

「え……？　これは……」

いきなり圭が悶える肌の動きを止めて言い、小太郎は肝を冷やした。

しかし彼女が気づいたのは、小太郎の肌の痣ではない。横向きになって布団を嗅ぎ、やがて確信したように身体を跳ね上げてきた。

「女の匂いがする。私のものではない」

圭が声を険しくさせ、身を起こして小太郎を睨《にら》んだ。

そして初めて、彼の胸元や脇腹にある薄紫の痣を見つけてしまった。

「何か、これは！」

すっかり快感も吹き飛んでしまったように圭が怒鳴った。

「女を連れ込んだのだな！　誰だ。まさか志乃さんか！」

小太郎は、まずいことになったと思いながら、こんな最中なのに激しい悋気《りんき》に燃える圭の眼差しを美しいと感じた。

「志乃さんのわけないでしょう」

「ならば誰だ！」

「答える必要はない。私と圭さんは夫婦ではないし、まして許婚でもないのだから」

「商売女でも連れ込んだのか。汚らわしい！」

「ここは私の部屋です。私の勝手でしょう」

　小太郎が苦笑して言うなり、いきなり激しい平手打ちが飛んできた。

「うわ……！」

　生まれて初めて叩かれた小太郎は、ひとたまりもなく布団に倒れ込んでしまった。じいんと耳が痺《しび》れ、一瞬目がくらんで何が起こったか判然としない。少し経ってから、殴《なぐ》られるとはこういう気持ちなのかと分かった。

　もちろん圭への怒りはなかった。それほど自分を好いていてくれるからだろうと思うのだが、それにしても厄介《やっかい》なことには違いない。

　叩いても怒りは治まらないらしく、圭は小太郎の腹に馬乗りになってきた。

「ここも、ここも、ここも見知らぬ女に吸ってもらったのか。なんて汚らしい……」

　圭は涙ぐみながら言い、小太郎の肌の痣に爪を立ててたどった。そして血が出るほどかきむしられ、小太郎は甘美な痛みの中で激しく勃起してきた。

「どうか、そんなに怒らないで」

「黙れ……！」

圭は言うと、いきなり彼の顔に激しい勢いでぺっと唾を吐きかけてきた。

一陣のかぐわしい吐息とともに、生温かな粘液が鼻筋にかかり、ぬらりと頰《ほお》の丸みを伝《つた》い流れた。これも実に甘美で心地よいものだった。

小太郎は、思わず舌を伸ばし、圭の唾液を舐めてしまった。

「何と浅ましい……、こんなことが嬉しいのか……」

圭は眉をひそめ、さらに続けざまに狂おしく唾を吐きかけた。

小太郎にとっては、一生に二度としてもらえぬ興奮する行為である。恍惚《こうこつ》の表情で受け止め、顔中をぬるぬるにしながら甘酸っぱい芳香に酔いしれた。

「なぜ怒らぬ。武士が顔を汚されたのだぞ。ならば、これはどうだ！」

圭は片膝を突き、もう片方の脚を立てて、いきなり足裏で彼の顔を踏みつけてきた。体重をかけて押しつぶすのではなく、唾液に濡れた顔中をぬらぬらとこするように踏みにじってきたのだ。

（ああ……、何という……）

小太郎はうっとりと酔いしれた。唾液と足指の匂いが入り混じり、重みも感触も実に艶めかしいものだった。日頃の、多少手加減したような行為ではなく、今日の圭は本当に怒っていて怖《こわ》く、彼は今にも気を遣りそうになってしまった。

さらに圭は、腰巻を取り去り、そのまま彼の顔にまで跨ってきた。

「どうでもいい女の股を舐めたんだろう。そんな口には、二度と口では触れぬ……」

涙ぐみながら圭は、ぐりぐりと彼の顔中に割れ目をこすり付けてきた。

どうやら悋気とともに淫気も渾然《こんぜん》となり、怒りをぶつけながら無意識に快楽も得はじめているようだった。

圭の割れ目からは、まるで熱涙のように大量の淫水が溢れていた。

小太郎は圧迫されながらも必死に舌を動かし、長旅に染み付いた濃厚な女の匂いを味わっていた。

「ああッ……！　なぜ怒らぬ。女にこんな仕打ちを受けて……」

圭も、次第に混乱してきたようだ。舐められるうち、怒りよりも快感の方が大きくなってきたのかもしれない。

次第に圭は、オサネを集中的に彼の口にこすりつけるようになってきた。

柔らかな茂みで鼻をこすられ、悩ましい女の匂いに噎《む》せ返りながら、小太郎は必死にオサネを舐め、大量の淫水で喉を潤した。

さらに意識してか、圭は股間をずらして尻の谷間まで彼の口に密着させてきた。秘めやかで生々しい匂いも心地よく鼻腔を刺激し、小太郎は肛門の細かな襞も充分に舐め回した。

「く……！」

圭は呻きながらびくんと内腿を震わせ、やがて再び割れ目を彼の口に押し付けてきた。そして動きを止め、下腹をひくひくと震わせて息を詰めはじめた。

「これでも、お前は嬉しいのか。痴《し》れ者……」

圭が呪詛《じゅそ》を込めて呟くと同時に、いきなり小太郎の口に熱い流れが注ぎ込まれてきた。

（ああ……、こ、これは……）

小太郎は、懸命に飲み込みながら思った。それは圭の尿だ。もちろん顔に座られ、両腿で挟まれている以上避けることもできず、飲み込むほかはないのだが、それにしては、この心地よさは何としたことだろう。

少しも抵抗なく、味も匂いも淡く上品で、すんなりと喉を通過してしまうのである。

圭も、出すまでは、かなりのためらいがあったのだろう。しかしいったん放たれてしまうと容易に止めようもなく、圭は異常な快感とともに、とうとう最後まで出し切ってしまった。

それを小太郎は、自分でも驚いたが一滴もこぼさずに飲み干したのである。飲んでいるときは夢中だったが、流れが治まると残り香と味が艶めかしく感じられてきた。一物ははちきれそうに屹立し、なおも彼はびしょびしょに濡れている割れ目内部の柔肉を舐めまわし、余りの雫をすすった。

たちまち尿の味は消え去り、ぬらぬらする大量の淫水がそれを洗い流すように満ち溢れてきた。

「ああッ……、莫迦《ばか》……」

圭は、もう我を忘れて快感に身悶え、やがて仰向けの彼の身体を移動し、乱れた下帯を取り去って上から跨ってきた。そして乱暴に陰戸にあてがい、受け入れながら一気に座り込んできたのだ。

「あう！」

ぬるぬるっと根元まで呑み込むと、圭は顔をのけぞらせて喘いだ。

そのまま彼の胸に手を突いて腰を上下させ、ぐりぐりと円を描くように股間をこすりつけてきた。まさに、女が男を犯しているようだった。

小太郎も股間を突き上げ、大量の淫水にまみれて締め付けられながら、急激に高まっていった。

圭は上体を起こしていられなくなり、身を重ねて屈み込みながらも、決して口吸いをしようとはせず、顔を見ると怒りが甦《よみがえ》ったように、また勢いよく彼の顔や口に唾を吐きかけてきた。

「ああ……、もっと……」

小太郎は甘酸っぱい匂いに包まれながら口走り、股間の突き上げを速めた。

「なんて、憎らしい……、アアーッ……！」

圭もとうとう気を遣ってしまったように声を上ずらせ、がくんがくんと狂おしく全身を波打たせた。小太郎も、膣内の収縮に促されて絶頂に達し、熱い大量の精汁を勢いよくほとばしらせた。

今までにない激しい快感に身悶え、小太郎は心から満足して最後の一滴まで放った。

圭も力尽き、ぐったりと身を重ねてきた。

小太郎は、圭の匂いに包まれながら余韻に浸っていたが、彼女はすぐにも我に返ったように身を起こし、無言で股間を引き放してきた。そして手早く処理を済ませると身繕いをし、足早に階段を下りて彼の部屋を出て行ってしまった。

二

「ほう、それはまた災難だったなあ。だが羨《うらや》ましい。それほどに惚《ほ》れられている証拠よ」

　玉栄が笑って小太郎に言った。

　あれから圭は自分の部屋から出てこようとしない。まだ日も高いので、小太郎は藤乃屋に遊びに来ていたのだった。そして他の女を抱いた疑いで、あれこれと暴虐にも似た情交をしたと報告したのである。

「なあに、ゆばりを飲むぐらい当たり前のことだ。むしろ、女の身体から出たものを汚いという奴はただの愚か者だよ」

「はあ、玉栄先生の枕草紙にも、飲む話がよく載っていますから」

　小太郎は言い、出された茶をすすった。

「だがなあ、もし圭さんが、あんたを藩主の若殿と知ったときにどうなるかなあ」

　玉栄が、急に心配そうに深刻な表情になって言った。

「そうですね。知ったら腹でも切りかねないですからね。できれば、このまま知らせない方が良いのでしょうが」

「そうもいかないだろう。あんたも圭さんを気に入っているのだから、いずれは側室にでもするだろうしさ。まあ、余の命令じゃ、死なずにずっとそばに居れよ、とでも言うしかないだろうなあ」

玉栄はそう言い、やがて小太郎はあれこれ玉栄と取りとめもなく雑談をしてから、新しい春本をもらって藤乃屋を辞した。屋敷へ戻ったら、二度と枕草紙など手に入れられないだろう。

さて、湯屋へ寄ろうか長屋へ帰ろうか小太郎は迷った。だいぶ日も傾いてきた。

しかし湯屋で、肌の痣を見られるのも決まりが悪いし、今しばらく、圭の残り香を楽しみたい気分でもある。そればかりではない。玉栄とも話したが、そろそろ圭に、本当のことを話す時期ではないだろうかとも思えるのだ。ああも情が強くなっては、今に刃傷沙汰《にんじょうざた》に及ばないとも限らない。

小太郎は少し思い悩みながら、藤乃屋の脇から市ヶ谷八幡の境内《けいだい》に足を踏み入れた。少し歩き回ってから帰ろうと思ったのである。

しかし、境内の杜《もり》で小太郎は当の圭に出会ってしまった。

圭は、彼が通るのを待っていたのだろう。彼は、圭のその表情に不穏《ふおん》なものを感じて気を引き締めた。

「どうしました、圭さん。一緒に帰りましょう」

小太郎は声をかけたが、圭は返事の代わりにすらりと抜刀してきた。

「な、何をする気です。圭さん……」

小太郎は及び腰になった。木々の間から射す西日が刀身をきらめかせ、逆光になった圭は何か魔物に取り憑《つ》かれているように思えた。

「抜け。勝負だ。お前が死ねば、私もすぐ後から行く。私が死ねば、お前は好き勝手にすれば良い」

「何を言ってるんです。気を確かに！」

小太郎は震えを隠すように声を張り上げたが、圭の方がずっと落ち着いた声で答えた。

「いろいろ考えた。お前のことをあれこれ思い悩むのが嫌になったのだ。お前は、私の父の上司の息子ということだが、そんなことなど、もうどうでも良くなった」

武家にこだわる圭にしては、考えられない言葉だった。そうした柵より女の情が強くなり、自分でも持て余したというところなのだろう。

「さあ、抜いて戦え。私の、最初で最後の願いだ」

圭は言い、それで会話を打ち切ったように刀を青眼に構え、すすーっと風のように間合いを詰めてきた。

「ま、待つんだ。圭さん……！」

小太郎は木々の間を後退しながら彼女を制止した。左手は刀にかけているが、もちろん抜刀する気などない。

夕方のことで、境内に人けはなかった。

圭は小太郎を追い詰めると、ぴゅっと鋭い太刀風を発して斬りつけてきた。

「うわ……！」

小太郎は身をすくめて避け、転がるように移動したが、もう次の攻撃を避ける体勢は整わなかった。

しかし、その時である。

「待たれよ。穏やかではないな」

声がし、圭はびくりと動きを止めてそちらを見た。小太郎も、必死に起き上がりながら声の方に目をやった。

すると、いつか会った近藤周助が足早に近づいてきた。どうやら藤乃屋にでも来る途中に、境内での二人のやり取りを目にしたのだろう。

「邪魔するな！」

圭が、小太郎と近藤の両方に目を配りながら言った。

「ほう、おなごか。どちらにせよ、こちらに斬り合いをする気はなさそうだ。ここは手を引かれるが良かろう」

「余計な口出しを！　何者か！」

「天然理心流、三代目宗家、近藤周助」

「小太郎の知り合いか。邪魔するのならば斬る！」

圭は、手ごたえのありそうな男を前に、さらなる闘志を漲《みなぎ》らせて構えた。

いや、あるいは小太郎を相手にするときは、わざと彼に斬られるつもりでいたのかもしれない。それが今は、強そうな剣客を前にして、全身に殺気を帯びはじめていた。

「いや、私も斬り合いをするつもりはない」

「抜け！」

圭が焦《じ》れたように踏み込み、近藤に向けて袈裟《けさ》に斬りかかった。

それを間髪《かんはつ》でかわした近藤も、思わず抜刀。

「近藤さん、いけない！」

「ご心配なく」

小太郎の声に、近藤は圭と対峙しながら落ち着いた声で答えた。

その余裕ある物腰に苛立《いらだ》ったか、圭がさらに鋭い攻撃を仕掛けた。

瞬間、キーンと金属音が炸裂し、青白い火花が散った。

「え……?」

勢い余った圭が、たたらを踏んで声を洩らした。一瞬のうちに、彼女の全身から精気が抜けてしまったようだ。

見ると、圭の刀身が一尺ばかり残し、先が折れて遠くへ飛んでいたのだ。まさに、圭の内に秘めた男の部分が紛失したように、彼女は憑き物を落としてうなだれ、いつまでも折れた刀を見つめていた。

「さあ、勝負はついた」

近藤が、素早く納刀しながら穏やかに言った。

「そ、その刀に……」

ようやく、圭が顔を上げて近藤を見た。

「わが流派に代々伝わる、長曽祢虎徹入道興里《ながそねこてつにゅうどうおきさと》」

「兜《かぶと》割りをするという、虎徹……」

圭は呟き、折れた刀を下げたまま呆然と立ち尽くしていた。

そのとき、玉栄も境内にやってきた。藤乃屋の離れから、境内の物音に気づいて出てきたようだった。

「みんな無事で良かった。圭さん、あんたは大変なことをするところだったのだぞ。実は小太郎さんは」

小太郎があっと思ったときには、玉栄は言い放っていた。

「あんたの藩主、喜多岡家の若殿なんだ」

「なに！　この若者が、小田浜藩主の喜多岡様……？」

近藤も、相当に驚いたように目を丸くした。

圭は、何を言われたかしばらく分からぬよう、呆《ほう》けた眼差しで玉栄と小太郎の顔を交互に見ていた。

しかし、どうやら思い当たることがあったようで、アッと声を洩らすなり、折れた刀を取り落とし、そのまま倒れ込んでしまったのだった……。

三

「そういうわけで、圭さんはしばらく稽古に来られませんので」

小太郎は、何とも面映《おもはゆ》い気持ちで松枝に言った。あれから圭が寝込んでしまったので、そのことを伝えに池野道場に来ていたのだ。

「そうですか。若殿も、酔狂が過ぎましたね」

松枝は彼の素性を知っても、さすがに年季が入っているだけあり、動じることもなく笑みを含んで物静かに答えた。彼が市井で知り合った、唯一のお歯黒美女だ。

昨夕、気を失ってしまった圭を、小太郎は玉栄と近藤に手伝ってもらい、駕籠に乗せて長屋に連れ戻したのだった。

今日になっても圭はうわ言を発するばかりで起きられず、実際に発熱もしていた。

もっとも、我に返ったら自害でもしかねないので脇差は隠し、志乃と光が交互に面倒を見てくれている。悠吾と源太も旅から戻ってきているので、特に手習いの方に支障は出ないようだった。

とにかく志乃や光たちも、小太郎の正体に驚きを隠せなかったようだ。

最初は驚いたものの、気さくな対応をしてくれるのは玉栄と、目の前の松枝ぐらいのものだった。やはり自分に関係のない藩とはいえ、藩主の一粒種ともなれば驚くのも無理はないかもしれない。

まして、主君に当たる小太郎を斬ろうとした圭の衝撃は、いかばかりであったろう。

もちろん小太郎は、素性を明かした玉栄には感謝していた。言うなら早い方が良いし、むしろ今まで引き延ばしてきた小太郎は責任を感じていた。

互いに肌の関係がなければ、小太郎と圭の親が決めたように最後まで秘しても良いだろうが、深い仲になってしまったら、先延ばしになるほど圭の罪の意識は大きくなってしまうに違いない。

「では私は、多くの家臣を抱えた若殿様のお顔を跨いでしまったのですね。ほほほほ」

松枝は口に手を当て、優雅に笑って言った。

今日も道場では女子たちが稽古をしており、小太郎は松枝の部屋に呼ばれて話していたのだった。

「圭さんも強い女ですから、少し休めば、やがて立派に立ち直ることでしょう」

「ええ、そうだと良いのですが」

「自刃する潮時さえ逸してしまえば、あとはずっとお側で仕える他ないのですから」

松枝は言い、その話は打ち切るように静々とにじり寄ってきた。

「私も、そろそろ稽古に出てみようかと思います。江ノ島まで歩き、かなり回復したものと自信がつきました」

言いながら、そっと小太郎の頬に触れた。

「さらに力をつけるため、男の気を、たくさん飲ませてくださいな」

熱く甘い息で囁き、ぴったりと唇を重ねてきた。うっすらと紅の引かれた柔らかな唇が密着し、ねっとりと濡れた舌が進入してきた。

小太郎は吸い付き、激しく舌をからめながら松枝にしがみついた。お歯黒による、うっすらとした金臭い微香が鼻を撫で、甘い唾液が流れ込んできた。

どんな悩みがあろうとも、結局自分はこうして女色に耽《ふけ》ってしまうのだ。それで全てが解決するわけではないのに、淫気の高まりがどうにもならず、また相対する女もそれを求めてくるのである。

これは子作りが主な仕事という、藩主の血筋たるものの習性なのかもしれないと小太郎は思ったものだった。

吐息と唾液を交換し、長い口吸いを終えると、ようやく松枝が口を離し、手早く床を敷き延べた。そして小太郎を仰向けにし、袴を脱がせて裾を開き、下帯も取り去って勃起した肉棒を露出させた。

いきなり含まれると、小太郎は快感に大きく息を吸い込み、松枝の舌戯に身を任せた。

松枝は喉の奥まで呑み込み、頬をすぼめて断続的に吸い上げ、激しく舌をからめて唾液にまみれさせた。

熱い息が股間に籠もり、強く吸われて小太郎は何度か身を反らせた。

松枝はちゅぱっと口を離すと、ふぐりにもしゃぶりついた。

「何と罪なことを。これでは圭さんが怒るのも無理はありませんね」

松枝は囁き、まだ内腿のあちこちにうっすらと残っている口吸いの痕を舌でたどった。

そして再び亀頭を含み、本格的に上下運動をしながら濃厚な摩擦をしはじめた。

「あ……、私にも……」

小太郎は思わず言い、彼女の下半身を引き寄せた。

どうやら松枝は、今日は小太郎の精汁を飲むだけで満足なようなのだ。あるいは、稽古の後半にでも参加するつもりなのかもしれない。

しかし小太郎は、やはり一方的に吸い出されるより、久々に会った松枝の陰戸も舐めたいし、挿入もしたかった。

すると松枝は肉棒から口を離した。

「私の方は良いのですよ。今度、ゆっくりして頂きます」

「でも、少しだけ舐めたいのです……」

「まあ、わがままな若殿様ですね」

松枝は笑いながら言い、着物の裾をまくって仰向けになってくれた。

小太郎は身を起こし、松枝の股間に屈み込んで茂みに鼻を埋めた。懐かしい熟れた女の匂いを吸収しながら、はみ出した陰唇に舌を這わせた。

馥郁たる匂いが刺激的に鼻腔に満ち、徐々に内部に舌を差し入れていくと、ぬるっとした大量のぬめりに触れた。小太郎は嬉々としてすすりながら、陰戸の襞からオサネまでを念入りに舐め、もちろん脚を浮かせて肛門にも舌を這いまわらせた。

「ああ……」

松枝もうっとりと目を閉じ、小さく声を洩らしはじめた。

再び割れ目を舐め、上唇で包皮をめくってオサネに強く吸いついた。

「あん……、も、もうやめて……」

松枝が声を上ずらせて言った。ここで気を遣ると、後の予定が立たないのだろう。

小太郎は素直に顔を上げた。

「ね、少しだけ入れたいです」

「本当に、少しだけですよ。出すときは、どうか私のお口に」

「わかりました。約束します」

「ならば、下になってください」

言われて、また小太郎は布団に仰向けになった。

松枝は裾をからげて跨り、茶臼で腰を沈めてきた。屹立した一物が一気に陰戸に呑み込まれ、彼女も完全に座り込んで股間を密着させた。

「アア……、いいわ、とっても……」

松枝がうっとりと目を閉じて言い、何度か腰を上下させた。

小太郎も股間を突き上げながら彼女を抱き寄せ、胸元を寛げて乳首を吸った。

甘ったるい汗の匂いが肉棒を奮い立たせ、松枝もぐいぐいと膨らみを彼の顔中に押し付けてきた。

「まだ……？　ちゃんと飲ませてくださいね……」

松枝は喘ぎながら囁き、彼の口から乳首を離した。そして小太郎の顔中に口づけをし、ぬらぬらと舌をからめてきた。

小太郎も注がれる温かな唾液で喉を潤しながら、股間の突き上げを速めていった。

じわじわと絶頂の波が押し寄せ、やがていよいよ危うくなってきた。

本当は、このまま柔肉の奥に放ちたいが、やはり最初からの約束だ。小太郎は律儀《りちぎ》に動きを止め、

「出ます……」

正直に口走った。

すると松枝も腰を上げて、ぬるっと一気に引き抜き、そのまま彼の体を這い降りて股間に屈み込んできた。自らの淫水にまみれた一物にしゃぶりつき、勢いよくすぽすぽと顔を

上下させて口で摩擦した。

その強烈な刺激に、小太郎はあっという間に昇り詰めてしまった。

「く……!」

大きな快感に呻き、小太郎はありったけの精汁を美女の口にほとばしらせた。

松枝も彼の噴出を知るなり、上気した頬をすぼめて激しく吸引した。何やら直接吸い出されているような快感に、小太郎は身をよじって喘いだ。

口の中がいっぱいになると、松枝は亀頭を含んだまま少しずつ喉に流し込んでいった。

飲み込まれるたびに口の中がきゅっと締め付けられ、たちまち小太郎は最後の一滴まで絞り尽くしてしまった。

松枝も全て飲み干し、なおも鈴口をしゃぶり、少しでも余りを吸い取ろうとした。

「も、もう……」

過敏になった一物がひくひくと震え、小太郎は降参するように口走った。

ようやく松枝も満足したように顔を上げ、息を吐いて肩の力を抜いた。

のろのろと身を起こすと、小太郎は身繕いをして袴を整えた。松枝も乱れた髪と裾を直し、手鏡で紅を直してから立ち上がった。

「さあ、気を頂いたので、少し稽古をしてみます。浜田様はどうなさいますか」

「はい。圭さんの薬を求めに行こうかと」

「それがよろしゅうございます。私も久々の稽古始めですから、師範席から殿方が見ていると門弟が張り切って難儀をしますから」

言うと松枝は楽しげに笑い、やがて着替えに道場の方へと去っていった。一礼し、小太郎は池野道場を出て駕籠を拾い、浅草へと向かった。

四

「そうでございますか。大変でございました。では気付け薬を」

浅草の丹波屋を訪ねると、彦十郎がいつもの座敷へ通してくれ、小太郎の説明を聞いて言った。

しかし彼はすぐ店の方へは行かず、改まった表情になった。

「ときに綾のことでございますが、大店の顧客から、しきりに妾《めかけ》にと乞われております。それもあの子の幸せの道かもしれませぬが、親代わりの私としましては、どうにも決意いたしかねるのです」

「はあ、何か私に力になれることでしたら」

小太郎は、彦十郎の意図を察して言った。

「有難う存じます。もし差し支えなければ、お屋敷へのご奉公というお口ききを頂けますならば、あの子にとっても良いことではないかと」

「わかりました。お約束します。ただ、まだ今は遊学中の身でして」

「存じております。お約束さえ頂ければ、妾のことも断わることができますし、今しばらくは店で働いてもらわねば私も困りますので」

言うと彦十郎は深々と辞儀をし、店の方へと行った。

少し待たされると、当の綾が入ってきた。

「お薬をお持ちしました。使い方のご説明もありますので、ご一緒に」

「そうですか。では」

小太郎は大刀を手に立ち上がり、綾と一緒に丹波屋を出た。

浅草界隈《かいわい》は、今日も多くの人々で賑《にぎ》わっていた。

「今日はまた、いつになくすごい人手ですね」

「浅草寺の本堂を直すとかで、遷座祭《せんざさい》が行なわれているのです」

「ははあ、なるほど」

それで見物人相手の物売りの数も増えているようだ。仲見世あたりは、行き来もままならないほど混雑していることだろう。

やがて浅草を抜け、上野に差し掛かったあたりで小太郎は辻駕籠を探そうとしたが、綾は案内するように先に立ち、やがて人通りの少ない界隈に行くと、一軒の出会い茶屋に向かっていった。

「ここで、お薬の説明をしますので」

「わかりました。ははあ、ここは……」

小太郎は目立たない門から入りながら、飛び石伝いに珍しげに周囲を見回した。

市井の男女は、こうした場所で逢引をするのかと思うと興味が湧いた。

綾は、先に中に入って上がり込み、出てきた女中に案内されて奥の部屋へと進んでいった。小太郎も上がって従い、各部屋を覗《のぞ》くわけにもいかないから、おとなしく綾と一緒に一番奥の部屋に入った。

初老の女中は、それが礼儀なのだろう、ろくにこちらの顔も見ずに案内だけして、すぐに下がっていった。

部屋は、三畳ほどの狭いところに茶の仕度がしてあり、奥の四畳半には二つ枕の床が延べられていた。枕元には行燈と桜紙が備えられ、障子を開けると外は鬱蒼《うっそう》とした木々で、人通りはできないようになっていた。なるほど、これなら少々声を上げても誰にも聞こえないだろう。

「ここが出会い茶屋というものなのですね」

「はい。何度か、朔日丸《ついたちがん》を届けるため出入りしたことがございました」

それで綾は茶屋の場所も知り、入るのにも慣れた感じだったのだろう。朔日丸というのは毎月の一日に服用していれば女が孕《はら》まずに済むという薬なので、特に商売女が使用する出会い茶屋には常備してあるようだった。

「では、お薬の説明を致しますので」

綾は言い、小太郎を奥の布団へと誘った。こうした場所で説明するとなると、やはり人目を憚《はばか》ることとなのだろう。妖しい期待と綾の可憐さに、小太郎は股間を疼《うず》かせはじめてしまった。

「これを、唾で溶いて鼻、口、乳首、陰戸に塗りつけてくださいませ」

綾は、貝殻に入った何個かの薬を取り出して言った。

もともと媚薬というのは性欲を昂進させる以前には、気付け薬としての効能もあったようだ。成分は薄荷《はっか》が主体で、それ以外に適度な刺激を持つ様々な薬草が混じっているものと思われる。

「量は、一度にこれぐらいです」

綾は言って貝殻に唾液を垂らし、薬を指で溶いて薄めてから、そっと小太郎の鼻の穴に塗りつけた。

ほんのり甘酸っぱい綾の匂いとともに、ひんやりした香気が鼻腔に染み渡っていった。

「なるほど、頭の中がすっきりするようだ……」

「では、私にも試してみてください」

綾は言うと、帯を解いて着物を脱ぎ、白く瑞々《みずみず》しい肌を露出させて布団に横たわった。

小太郎も脇差を抜いて置き、袴と着物を脱いで貝殻を手にした。どちらにしろ、せっかくこのような場所に入ったのだ。最後までしなければ治まらないし、綾も承知しているだろう。

そして綾の唾液に薄まった淡い緑色の薬を指につけ、そっと彼女の鼻の穴や、ぷっくりとした愛らしい唇に塗りつけてみた。さらに乳首に塗ると、色づいて光沢を持った乳首がつんと硬くなり、綾の呼吸が弾んできた。

小太郎は激しく勃起しながら彼女の腰巻を取り去り、全裸にさせて股を開かせた。

その中心に顔を迫らせ、先日新鉢を割ったばかりの初々しい陰戸を見つめた。薬を塗るまでもなく、はみ出した花弁はぬめぬめと蜜汁に潤っている。

小太郎は貝殻を置き、指で広げて中の柔肉を見た。息づく膣口と周囲の襞はねっとりと蜜汁にまみれ、かぐわしい匂いを放っていた。

小太郎は堪らず、そっと顔を埋め、楚々とした若草に鼻をこすりつけた。

甘ったるい汗の匂いに、微かな刺激のある残尿、ふっくらとした丘の感触に酔いしれながら彼は舌を這わせた。

「あ……」

綾が小さく声を洩らし、滑らかな下腹をひくひくと震わせた。

小太郎は溢れる蜜汁を舐めまわし、舌先で柔肉を掻き回してからオサネを刺激した。さらにむっちりとした内腿に挟まれながら足を浮かせ、可愛い匂いを籠もらせた肛門も念入りに味わった。

淫水は量を増し、綾の喘ぎも激しくなっていった。

小太郎は舌が疲れるほど、美少女の前と後ろを貪り、すべすべの脚を舐め下りて爪先の間まで舐め尽くした。

そして全裸で添い寝すると、綾が激しくしがみついてきた。

甘酸っぱい吐息にはほんのりと薄荷臭が混じり、小太郎は唇を重ねて執拗《しつよう》に彼女の口の中を舐め回した。

「ああ、可愛い……」

唇を離すと、小太郎は思わず呟いた。

「屋敷へ、来てくれますか」

「はい。若様さえ、よろしければ……」

「彦十郎さんも良くしてくれているだろうから、丹波屋も居心地が良いでしょう」

「ええ、ですからしばらくは今のまま、できれば若様がお屋敷へお帰りになるとき、ご一緒に」

「ああ、そうしよう」

小太郎は頷き、もう一度念入りに綾の口を吸い、唾液と吐息を心ゆくまで味わった。

薬による効果なのか、舌をからめるごとに清涼感が漂い、果ては彼女の口に鼻を押し込み、美少女の舌で念入りに舐めてもらった。綾本来の果実臭に薄荷の匂いが混じり、鼻腔が何ともいえない芳香に満たされた。

さすがに気付け薬だけあり、安らかな気持ちよりは高揚感があり、それらが全て股間に響くようだった。

小太郎は首筋をたどり、両の乳首を交互に含んだ。充分に舌で転がし、吸い付き、汗ばんで甘い匂いを籠もらせる腋の下にも顔を埋め、淡い腋毛を唇に挟んで愛撫した。

綾も身悶えながら、自分から彼の耳や首筋に舌を這わせてきた。

小太郎が仰向けになると、綾も積極的に上になってくれ、乳首に舌を這わせてきた。彼は受身に転じ、美少女の愛撫を嚙み締めた。綾は両の乳首を念入りに舐め、無邪気に吸い付き、徐々に股間へと下降していった。

熱い息が肌をくすぐり、唾液の濡れた痕が微かにひんやりとして心地よかった。

やがて綾は、ためらいなく大股開きになった小太郎の股間に腹ばいになり、湿り気ある息を弾ませて先端に舌で触れてきた。

「ああ……、いいよ、とっても……」

小太郎は、鈴口を舌先でくすぐられながらうっとりと言った。

綾は滲む粘液を舐め取り、幹を這い下りてふぐりをしゃぶり、再び濡れた舌で裏側を這い上がってきた。

今度は丸く口を開いてすっぽりと亀頭を含み、唇をもぐもぐさせながら喉の奥まで頰張っていった。見ると、笑窪の浮かんだ頰をすぼめて断続的に吸い上げ、綾はたっぷりと唾液を出してまんべんなく舌を這わせた。

口の中に少し残る薄荷が適度な刺激を与え、美少女の温かな唾液に浸りながら、小太郎はじわじわと高まっていった。

しかし昇り詰める前に、彼は綾の手を引き、口を離させて引き上げた。綾も素直に小太郎の上に身を重ね、次の指示でも仰ぐようにつぶらな目で見下ろしてきた。

「こうして、顔を跨いで……」

「え……、そんな……」

小太郎の要求に綾はためらったが、彼が再三促すと、ようやく膝を震わせながら、厠の格好で彼の顔に跨ってきた。

小太郎は鼻先に迫る美少女の割れ目を見上げ、生ぬるく悩ましい匂いを感じながら舌を伸ばした。大量の淫水がとろとろと溢れて舌を濡らし、突き立ったオサネを舐め上げるたび、彼女の内腿がびくりと震えた。

五

「綾さんに、どうしてもしてほしいことがあります」

小太郎は胸を高鳴らせて、綾の股の下から言った。

「はい……」

「このまま、ゆばりを放ってほしいのです。どうか……」

小太郎は、自らの恥ずかしい要求に激しく興奮した。圭に飲まされてから、どうしても今一度そのときめきの体験をしたくて仕方がなかったのだ。

「そ、それはなりません。お戯《たわむ》れにも、決してそれだけは……。こうして、跨っているだけでも死にそうに畏《おそ》れ多いのです……」

綾は声を震わせて言った。それは無理ないことだろう。しかし小太郎はその願いに執着し、執拗に迫った。

「ゆばりが薬にもなることは知っているでしょう。どうかお願いです」

「でも……」

綾は可哀相に、今にも座り込みそうになるほど膝を震わせていた。しかし淫水の方は、新たな分がとろりと雫《しずく》を膨らませて滴ってきた。

「とても、出ません……」

「少しでもいいです。出るまで待ちますので」

小太郎は言い、綾が逃げないよう両脚を抱え込み、仰向けのまま根気よく待った。

綾にしてみれば、地獄の責め苦にも等しいかもしれない。見知らぬ男にさえ、そのようなことはできないだろう。まして相手は武士、そしていずれ奉公に上がる大藩の若殿なのである。

綾は何度も下腹に力を入れ、出る寸前までにはなるものの、最後の最後で理性が働き、禁圧がかかってしまうようだった。それでも、それを繰り返しているうち尿意も高まり、いよいよ限界がやってきたようだった。

「い、いいのですか、本当に……」

綾が声を上ずらせて言い、小太郎は小さく頷きながら割れ目内部の変化に目を凝らしていた。桃色の柔肉が悩ましげに息づき、淫水が溢れるごとに迫り出すような収縮を見せていた。その盛り上がった肉の頂点に、ぽつんとした小さな尿口が確認でき、嫌でも期待が高まった。

「あ……、ああ……」

綾はか細い声を洩らし、とうとう本格的に尿口を緩めてしまった。

割れ目の内側いっぱいに、淫水とは違う潤いが満ち、たちまちぽたぽたと滴ったと思ったら、すぐにもちょろちょろとした弱々しい流れとなっていった。

小太郎は彼女の腰を抱き寄せ、直接割れ目に口を押し当てて受け止めた。

口の中に、温かな流れが溜まっていく。飲み込むと、それは何とも清らかな味わいで滑らかに喉を通過していった。

さすがに美少女から出るものは美味な感じがした。これはどんな媚薬よりも効果があるのではないか、回春の妙薬として大店の主人たちは先を争って買うのではないかと思うほどだった。

勢いが増してきても、咳き込む懸念もなく、飲み続けるのに支障はなかった。

しかし綾にしてみれば、生きた心地もしなかっただろう。息を詰め、自分が何をしているかも分からなくなり、とにかく早くこのひと時が終わることだけを祈り願っているようだった。

実際、それほど溜まっていなかったようで、流れは間もなく弱まり、あとは点々と滴るだけとなってしまった。

小太郎は口を離し、滴る分を受け止めてから、あらためて綾の味と匂いを確認した。

やはり飲んでいる最中はこぼさぬように夢中だから、じっくりと味わう余裕はなく、今になって淡い香りが感じられるのである。

舌を伸ばし、びしょびしょに濡れている柔肉を隅々まで舐め回した。

「アア……」

綾が喘ぎ、新たな蜜汁が残尿を洗い流すように満ち溢れ、たちまち淫水特有の淡い酸味の方が感じられはじめた。

やがて、完全に放尿を終えた綾の下腹が、微かにぴくんと震え、同時に彼女も力尽きたようにくたくたと崩折れてしまった。

それを抱きとめて添い寝すると、綾は気を失ったように長い睫毛《まつげ》を伏せ、ただ半開きの口ではあはあと忙しげな呼吸を繰り返すばかりだった。

小太郎は身を起こし、すっかり張り切っている肉棒を構えて綾にのしかかっていった。先端を押し当ててぬめりを補充し、位置を定めてゆっくりと挿入した。

「あう」

綾が呻き、我に返ったように身悶えはじめた。

もちろんまだ痛みの方が大きいだろうが、何しろ蜜汁が充分なので一物は滑らかに根元まで呑み込まれていった。

完全に一つになると、小太郎はずんずんと腰を突き動かして摩擦快感を味わい、やがて身を重ねて綾を抱きすくめた。中は熱く濡れ、さすがに締まりが良く、律動するたびに引っ張られるような感覚があった。

綾も下から激しくしがみつき、かぐわしい息を弾ませて喘いだ。

小太郎は次第に勢いをつけて股間をぶつけるように動き、時には押し付けたままぐりぐりとこすりつけるようにもした。

「痛くないですか」

「はい……、嬉しいです、若殿様と一つになれて……」

綾が健気に答え、下から股間を突き上げるような動きまでしてきた。徐々に痛みより、奥に芽生える快感を探りはじめたようだった。

勢いがつくと、たちまち小太郎は昇りつめ、快感に身を震わせて射精した。

「ああ、気持ち良い……」

小太郎は口走り、ありったけの精汁を綾の柔肉の奥に放った。大量の淫水に精汁のぬめりが混じり、動きはさらにぬらぬらと滑らかになった。

「あン……！」

綾が声を上げ、しがみつく両手に力を入れた。

「何だか、熱いものが……」

言いながら綾はひくひくと肌を震わせた。急激な成長ぶりだから、気を遣るまでもう一歩かもしれない。

やがて全て出し切ると小太郎は動きを止め、すっかり満足して力を抜いた。

綾も、芽生えかけた快感を探るのを止めたように手足を投げ出し、思い出したようにきゅっと膣内を締め付けながら呼吸を整えた。

小太郎は充分に余韻を味わうと、ようやく身を起こして股間を引き離した。もう出血もなく、はみ出した花弁も大人のように色づいていた。

桜紙で処理しようとすると、脱力していた綾が素早く身を起こして、先に彼の股間を拭い清めてくれた。

やがて身繕いをして出会い茶屋を出ると、そのまま綾は丹波屋へと帰っていった。

気付け薬をもらった小太郎は、ようやく辻駕籠を拾って内藤新宿へ戻った。

だいぶ日が傾いているが、彼は長屋へ戻る前に湯屋へと立ち寄った。今日は松枝に綾、二人の女を抱いてしまったのだ。少々の口吸いの痣など気にはしていられない。

ところが、湯屋に入ると中に源太がいた。

「やあ、お帰りなさい」

小太郎は声をかけ、彼の隣で湯を浴び、糠袋で身体をこすった。

「いろいろと、大変だったようですね」

源太が言う。すでに光から聞いていたのだろう。

彼の留守中に光を抱いている小太郎は、どうにも決まりが悪く、肌の痣を隠すのが精一杯だった。

しかし源太も、圭の身を案じてくれ、光の肌はどうだったかなどと下卑《げび》たことも言わなかったので小太郎は安心した。だから逆に小太郎も、彼が悠吾とともに旅先で良い思いをしたことも訊かなかった。

「ええ、志乃さんにもお光さんにもご厄介をかけております」

「なあに、お互い様です。こういうときは女手が必要でしょうから。光さんも、今夜は圭さんのところに泊まって看護します」

「それは、申し訳ありません」

小太郎は言い、二人で柘榴口《ざくろぐち》をくぐって浴槽に浸かった。

どうやら源太は、小太郎の肌の痣に気づいても見て見ぬ振りをしてくれているようだ。それが礼儀なのだろう。しかしよく見ると、源太の肌にもあちこち、似たような口吸いの痕があるではないか。どうやら旅先では多くの新造たちと、かなり激しいことをしてきたようだった。

「ふ……」

小太郎は思わず笑みを洩らすと、

「あはは、お互いに大変ですなあ」

源太も、堪えきれずに笑い出した。

「失礼ながら、実を言うと圭さんの看護で光さんが泊り込むのは有難いのです。これが癒える前に求められるのも悶着の種ですからね。お互いに、贅沢なことです」

「はあ、実に……」

小太郎は頷き、やがて二人は湯から上がって湯屋を出た。

「では今日はこれにて。今度一杯やりましょう」

源太は言い、肩に手ぬぐいをかけて四ッ谷方面に歩いていった。

小太郎も、夕風に吹かれながら長屋へと戻り、袴を脱いで大小を置いてから、圭の部屋を見に行った。

まだ、圭は寝たままである。まるで全ての思考を停止したかのようだった。

「お世話をかけます。私が診《み》ていますので、どうか夕餉を」

小太郎は、付ききりになってくれていた志乃と光に言った。二人は頷き、ひとまず小太郎に任せて部屋を出て行った。

第六章　主君に惑う寝乱れ美女

一

「圭さん、大丈夫ですか……」

小太郎は声をかけてみたが、圭は一向に目を覚ますことはなかった。

昨夕に倒れてから丸一日が経っている。何も食わず、排泄もしていないようだ。たまに志乃たちが水を含ませる程度だったのだろう。

返事がないので、小太郎は嘆息《たんそく》し、圭の額《ひたい》の汗をそっと拭《ふ》いてやった。頬《ほお》には涙の痕《あと》があり、乾いた唇が熱い呼吸を繰り返すばかりだった。

二階の部屋には、生ぬるく甘ったるい女の匂いが馥郁《ふくいく》と満ちていた。もちろん圭ばかりでなく、付ききりでいてくれた志乃や光の残り香も混じっているようだ。

圭は寝巻きに着替えさせられ、枕元には水の張られた盥《たらい》と何枚かの手拭い。厠《かわや》代わりにするつもりか、空の盥に余分な布も用意されていた。まず、この様子では外の厠まではとても立てないだろう。

隣の階下からは、志乃と光が夕餉の仕度をする物音が聞こえてきた。帰宅したはずの悠吾の声は聞こえないので、あるいは源太とでも会い、どこかで夕餉を済ませて一杯やっているのかもしれない。

悠吾も源太同様、身体中に女の痕跡があれば、志乃が圭の看護をするのは大歓迎に違いないだろう。しかもなお念を入れ、看護の邪魔をせぬようにという口実で、今夜は四ツ谷の家に男二人で過ごすのかもしれなかった。

小太郎は懐中から、丹波屋にもらった薬を取り出し、貝の蓋《ふた》を開けた。軟膏状になった緑色の薬が入っており、小太郎はそこに唾液を垂らし、指の腹で溶いた。

それを昏睡している圭の鼻の穴に塗り、さらに乾いた唇にも塗りつけていった。

「う……」

薄荷の清涼感に、圭が小さく声を洩らし、微かにぴくりと眉を動かした。

しかし目を開くことはない。さすがに、あまりの衝撃に心が閉ざされ、呼吸する以外、身体の全機能が休止しているかのようだった。

小太郎は屈《かが》み込んで顔を寄せ、指ばかりでなく、直接舌で彼女の口に触れ、潤いを与えるようにそっと舐め回した。

もう圭の反応はなく、舌を差し入れても、白い歯並びはかっちりと閉ざされたままだった。甘酸っぱい息の匂いは濃く、その悩ましさに、二人と情交したにもかかわらず小太郎はむずむずと股間を疼《うず》かせてしまった。

さらに乳首や陰戸にも塗ろうと思い、掻巻《かいまき》に手をかけたところで、階段に足音が聞こえてきた。

「どうぞ、夕餉の仕度が整いました」

光が声をかけた。

「有難うございます」

小太郎は立ち上がり、光と入れ代わりに階下へ降りた。

隣では、志乃が仕度を整えて待っていた。小太郎は礼を言って上がり込み、先に頂くことにした。飯に焼き魚、煮物に吸い物と豪華である。

「田崎さんは」

「今夜は、玉栄先生と飲むのだと、源太さんとご一緒に藤乃屋へ」

「そうですか」

思ったとおり、悠吾は今夜は帰らないつもりなのだろう。

やがて小太郎は食事を終え、志乃に頭を下げた。

「では戻ります。うちの戸締りもしたいので、二階から直接圭さんの部屋に入ります」

「まあ、それは便利ですわね。私もそうしましょうか」

言うと志乃も答え、今度は自分の食事の仕度をした。

小太郎は、いったん自分の部屋に戻ると突っかえ棒で戸締りをし、二階に上がって窓から圭の部屋に入ると、

「まあ！」

看護していた光が驚いて声を上げた。

「済みません、驚かせて。この方が楽なものですから」

小太郎は言い、しばし二人して枕元で圭の様子を見守った。

そしてしばらくすると、今度は夕餉を終えた志乃まで窓から入ってきたので、光はまた目を丸くした。

「し、志乃様、そのような……」

「光、お前もここから出入りしなさい。下は両方とも全て戸締りを済ませました。さあ、夕餉を済ませてらっしゃい」

言われて、光は恐々と窓から身を乗り出し、物干し伝いに隣へと移っていった。実際、屋根はしっかりしているし、それほど危険なことはない。ただ女は框《かまち》を跨《また》ぐときに裾が

気になるだけだろう。それに周囲からも見られるようなことはなかった。

注意深く付け火を持ってきた志乃は、圭の部屋の行燈《あんどん》を点《つ》けた。もう外も、だいぶ暗くなってきていた。

「では窓から隣へ行き、交代で寝ることができますわね」

「ええ。昼間じゅう診て頂いたのですから、どうか構わず、お二人はお休みになってください」

「まだ大丈夫です。それは？」

志乃は、小太郎が手にした貝殻を見て言った。

「丹波屋さんにもらった気付け薬です」

「そうですか。どのようにお使いになるのです？」

「唾で溶き、身体に塗ります。鼻と口は塗りましたが、まだ」

「他にはどこへ？」

「乳と陰戸にも」

「まあ、それならお手伝い致しましょう」

志乃は言って、圭の搔巻をめくった。小太郎は圭の帯を解き、寝巻きを左右に開いた。

すると、さらに濃く甘ったるい匂いがふんわりと揺らめいた。志乃は手拭いで汗ばんだ肌を拭き、小太郎は貝に入った薬を溶いて指につけた。

「何やら、爽《さわ》やかな香りですね」

「薄荷のようです。では」

小太郎は、圭の薄桃色の乳首にぬらぬらと塗りつけ、志乃も見よう見真似でもう片方の乳首に塗った。

「気持ち良さそうですね。ひんやりするようです」

「ええ、余りが出れば、志乃さんも塗ってみてください」

「よ、よろしいのですか……」

「多めにもらいましたから、構わないでしょう」

小太郎は言い、やがて志乃に手伝ってもらい、圭の両足を開かせた。

股間に屈み込むと、汗とは違う悩ましい匂いが立ち昇った。また志乃は蒸れた割れ目を拭い、小太郎は薬を陰唇に塗りつけた。指先で軽くオサネをこすると、

「う……、んん……」

圭が小さく呻《うめ》いた。

「やはり、眠っていても感じるのでしょうね……」

志乃が声をひそめて言う。その頬は上気し、微《かす》かに呼吸も弾みはじめていた。やはり看

護とはいえ秘めやかな行為に、興奮を覚えているのだろう。

「私も、してみます……」

志乃は貝殻を受け取り、自分の唾液を補充して指につけ、圭の陰戸に触れはじめた。

さすがに女同士の方が、感じる部分を心得ているのだろうか、

「あ……、うう……」

圭の喘ぎ声がはっきりと洩れはじめた。

「あまり、負担になってもいけませんね……」

やがて志乃は指を引っ込め、うっすらと溢れはじめた圭の淫水を懐紙で拭ってやった。

これはあくまで看護であり、感じさせるのが目的ではないと思ったのだろう。しかし小太郎は、感じさせることが気付けになるのだと理解していた。

彦十郎も、それが一番手っ取り早いと判断したから、このような薬を小太郎に渡したのだろう。特に怪我《けが》でも病気でもなく、肉体は丈夫なまま気を失ったのだから、あとは気の持ちようということである。

志乃は圭の脚を閉じ、寝巻きの裾を整えて掻巻をかけてやった。淫気を催しても、寝ている圭の陰戸を舐めることまでは控えたようだった。やはり、女同士で情を通じることに慣れてはいても、今の志乃の淫気は、男である小太郎に向けられつつある。それを小太郎

も感じ取っていた。

それだけ、圭の病も深刻なものではない。明日にも気づき、あとは小太郎が説得して宥《なだ》めれば済むものと思われた。

やがて足音が聞こえ、夕餉を終えた光が窓から入ってきた。他の長屋の住人の誰が、三軒の男女が二階で出入りしていると思うだろう。

もう光は寝巻き姿になり、志乃の分も持ってきていた。

「片付けも、何もかも終えて参りました」

「ご苦労様。では、交代で休むことに致しましょう」

志乃が言い、促すように熱っぽい目で小太郎を見た。

「浜田様も、そろそろお寝巻きに着換えた方が楽ではございませぬか」

「そうですね。では」

「光、少しの間、いいわね？」

志乃が言うと、光は何もかも承知しているように頭を下げた。

小太郎が窓から自分の部屋に戻ると、志乃も一緒についてきてしまった。やはり寝ている圭のそばで行なうのは気が引け、まして悠吾と暮らしている自分の部屋では、なおさらする気になれないのだろう。

小太郎は志乃を自分の二階に招き入れた。

元はといえば、今回の騒動の発端は、志乃の匂いが布団に残っていたことから始まったのである。むろん恨みには思わないが、再び自分の部屋に志乃を迎えた小太郎は、何やら複雑な思いだった。

とにかく行燈に灯を入れて着物を脱ぎ、下帯の上から寝巻きを羽織って床を延べた。

志乃も構わず小太郎の前でくるくると帯を解き、着物を脱ぎ去った。そして寝巻きを羽織ることもせず、すぐ横になってしまったのである。

二

「ごめんなさいね。浜田様が圭さんをご心配なさっているのは承知しているのに、どうにも身体が火照ってしまい……」

志乃が欲情に目をきらきらさせ、それでも言葉だけは済まなそうに言った。

「いいえ、圭さんが世話をかけてしまったため、せっかく旅から帰った田崎さんと過ごせなかったのですから」

小太郎は、心から済まない気持ちで言った。

「どうせ、数日振りとはいえ、何もなかったと思います。悠吾は、私の方から強く求めてさえ、何度かに一度しか応じないのですから……」

そのときだけ、志乃は少し寂しげに言った。

そう、男は相手さえ変われば元気になるが、同じ相手と年中するのは苦痛になってしまうのかもしれない。そのてん女は、一人の男が年中抱いてさえくれれば、他に淫気など催《もよお》さないものなのだろう。

これは、より多くの女を抱ける男と、年に一人の子しか産めない女の、生き物の違いなのかもしれないと小太郎は思った。善し悪しは別として、そうして人も世も栄えてきたのだろう。

小太郎も、着たばかりの寝巻きを脱ぎ捨てて添い寝し、志乃に肌を密着させた。

「アア……、嬉しい……。お隣では圭さんが苦しんでいるというのに、なんて悪い女なのでしょう……」

志乃は熱く囁《ささや》き、小太郎が何か言う前に自分から彼の口を塞いできた。

「ンン……」

志乃は熱く甘い息を弾ませ、激しく舌をからませてきた。

小太郎は美女の唾液と吐息を吸収しながら、下帯を外していった。自分は湯上がりだから気が楽だが、志乃の肌からは甘ったるい汗の匂いが濃厚に漂ってきていた。

志乃も腰巻を取り去り、たちまち二人は全裸でもつれ、互いの肌をまさぐり合った。

やがて志乃が指を伸ばして小太郎の強ばりにそっと触れ、淫らに唾液の糸を引いて唇を離した。

「お国では、ここのことを何と？」

艶めかしい息の匂いを揺らめかせ、志乃が囁いた。

「相州の小田浜ですから、大体江戸と同じです。魔羅とか珍宝とか」

「では女は？」

「普通は陰戸ですが、ときには万香と」

「ああッ……、私も、江戸へ来て知りました。藤乃屋さんの艶本には、おま××と……」

志乃は近々と顔を寄せ、小太郎自身をいじりながら激しく息を弾ませて囁いた。

やはり隣室には光や圭がいると思うと、興奮も倍加するのだろう。

淑《しと》やかな武家の美女が、あられもない言葉を口走って身悶えるのは何とも艶めかしいのだが、小太郎はかなり自分を抑えていた。

もちろん淫気は充分すぎるほど有り余っているが、何しろ昼間に松枝と綾に一度ずつ射精しているのである。まして志乃と終えた後には、光だって必ず同じように求めてくるに違いないのだ。

圭と一緒に自分まで倒れてしまったら何もならない。

それでも抑えが利かなくなるほど、小太郎は興奮してきてしまった。

「浜田様、お願い。先ほどの気付け薬を、私のおま××に塗って……、アアッ……」

淫らな言葉を口にするたび、触れなくても志乃はくねくねと身悶え、今にも気を遣りそうに喘ぐのだった。

小太郎も興味を覚え、いったん身を起こして着物の懐中を探った。貝殻を取り出し、蓋を開けて唾液で溶きながら志乃の股間に移動していった。

「ああ……、恥ずかしい……」

志乃は声を震わせながらも、自分から両脚を開いていった。

小太郎は腹ばいになって顔を寄せ、行燈の灯にかざして志乃の中心部に目を凝らした。

何も塗らなくても、陰戸はぬらぬらとした大量の蜜汁で大洪水になっていた。

彼は塗りつけて薄荷の匂いをさせる前に、志乃本来の匂いを味わうため茂みに鼻を埋め込んだ。

柔らかな感触が伝わり、生温かく濃厚な女の匂いが鼻腔を刺激してきた。

小太郎は何度も深呼吸して悩ましい匂いを嗅ぎ、舌を這わせて溢れた淫水をすすった。

「あん……！」

志乃が声を洩らし、びくっと腰を跳ね上げて身悶えた。

小太郎は味と匂いを堪能してから顔を離し、薬をつけた指の腹で左右に開いた陰唇をこすった。さらにオサネにも指を当てて動かすと、

「ああーッ……、なんて、いい気持ち……」

「どこが良いのですか？」

小太郎がいじりながら、彼女の反応を冷静に観察して言うと、

「お、おま××が、とろけるように気持ちいい……」

志乃は声を上ずらせて淫らな言葉を発した。同時にとろりと新たな蜜汁が大量に溢れ、肛門の方にまで伝っていった。

小太郎は指を離し、再び割れ目に顔を埋め込んだ。

濃厚な女臭に混じった、ほのかな薄荷臭を感じながら彼は舌を這わせ、オサネから肛門まで念入りに味わった。

「アア……、もっと、いっぱい舐めて……」

ことさらに志乃は淫らな言葉を発し、狂おしく身悶《みもだ》えた。あるいは、壁に耳を当てているかもしれない光に聞かせているようだった。

小太郎は左手の人差し指を志乃の肛門にずぶりと押し込み、右手の二本の指も膣口に挿入した。さらにオサネを舐めまわし、同時に三箇所を責めまくった。

「あう……、駄目、いってしまう……！」

志乃は弓なりに身を反らせて口走った。まだ昇りつめるのが惜しいようだったが、小太郎は愛撫を止めなかった。

「ああッ……、い、いく……！」

たちまち志乃はがくがくと全身を跳ね上げ、潮を噴くように大量の淫水をほとばしらせて悶えた。

隣室の圭や光の存在のみならず、気付けの薄荷の効果もあったようで、志乃はあっという間に絶頂に達してしまったようだ。小太郎は、膣と肛門の両方に入れた指を、それぞれに蠢かせながらオサネを舌で弾き続けた。

「もう……、堪忍……」

力尽き、ぐったりとなりながら志乃が声を絞って懇願した。

小太郎は、ようやく口を離し、彼女の前後の穴からぬるっと指を引き抜いた。そして指についた微かな匂いを嗅ぎながら、身を投げ出している志乃に添い寝していった。

すると志乃も、のろのろと身を寄せて彼にしがみついてきた。

「意地悪ね……、死ぬかと思いました……」

志乃は、まだ力の入らぬ声で囁き、懸命に脱力感と戦いながら小太郎の股間に顔を寄せていった。

熱い息を吐きかけながら先端にしゃぶりつき、一気に喉の奥まで吸い込んだ。口の中を締め付け、温かな唾液をまつわりつかせながら激しく舌を蠢かせてきた。

「ああ……、気持ちいい……」

小太郎は仰向けのまま、快感の中心を志乃に預けて喘いだ。

志乃は次第に生気を取り戻したように、勢いをつけてすぽすぽと口で摩擦した。さらにふぐりをしゃぶり、彼の脚を浮かせて肛門にもヌルリと舌を押し込み、そのうえ内腿には歯を立てて強く吸い付いてきた。

「あ、それは……、もう……」

せっかく痣が薄れてきたところなのだ。また新たに印されては堪らない。小太郎は慌てて半身を起こし、志乃の口を肌から引き離した。

「噛んだり吸ったりしてはいけないのですか……」

「ええ、どうかご勘弁を」

「ならば、しばらく抱いていてください……」

志乃が、甘えるような眼差しを彼の股間から送って移動してきた。

どうやら、もう舌と指で気を遣ったため、挿入はしなくても良いようだ。さらに大きく昇りつめて果てると、精根尽き果てて明日にまで影響を及ぼすと思ったのかもしれない。

やがて志乃は添い寝し、彼の胸に顔を埋めてきた。小太郎も腕枕してやり、汗ばんだ肌をくっつけた。

二の腕にかかる、彼女の重みが嬉しかった。普段は自分が豊乳に顔を埋めて甘える方だから、たまには逞《たくま》しく抱いてやるのも良いものだった。

「まだ、あちこちがひんやり致します……」

志乃は囁き、勃起したままでいる彼の一物を、やんわりと握り締めてきた。

「お疲れなのでしょうね。では、あとは光に任せるとしましょう……」

志乃は、何もかも承知したように呟いた。長く一緒にいる志乃と光は、もう心が通じ合うようで、片方だけが快感を得るということはできないようだった。

とにかく贅沢なことだが、一回でも射精を減らせれば小太郎も、次に生き生きと光を相手にすることができるのだ。

志乃は素直に身を起こし、寝巻きを着て窓から出て行った。これで光と入れ代わりに主の様子を見て、光が戻れば寝るつもりのようだった。

全裸で仰向けのまま小太郎が休んでいると、すぐに光が窓から入ってきた。

「ずいぶんと、声が聞こえました。きっと圭さんも壁越しに、志乃様と田崎様が情交するお声を聞いていたことと思います」

光が言い、手早く寝巻きと腰巻を取り去り、全裸になって小太郎に添い寝してきた。

三

「志乃様の匂いがする……」

口吸いを終えると、光が甘い息で囁いた。どうやら志乃の陰戸を舐めたときの匂いが、小太郎の鼻の頭に残っていたようだ。

小太郎は、やはり志乃とは違う光の吐息と唾液、舌の感触にうっとりとなって身を投げ出していた。

「お疲れなのですね」

光は、志乃と同じようなことを言った。

「でも構いません。ここさえお元気ならば。私が、勝手にしてよろしいですか」

光は屹立している肉棒を握って言い、彼の股間に屈み込んできた。

丸く開いた口で亀頭を含み、内部ではちろちろと柔らかな舌が蠢《うごめ》いた。しかも指先は微妙な触れ方でふぐりを愛撫し、さらに胸を押し付け、張りのある乳房を押し付けたり谷間に挟んだりしてくれた。

「ああ……、どうか、股をこちらに……」

小太郎は、たちまち快感に身悶え、光の陰戸を求めて言った。

光もすぐに、一物にしゃぶりついたまま身を反転させ、下半身を彼の顔の方へと迫らせてきた。

やがて、互いに相手の内腿を枕にし、横たわって向かい合わせの二つ巴《どもえ》となった。

小太郎は、白くむっちりと張りのある内腿に顔を挟まれながら、柔らかな茂みの丘に鼻を埋めた。やはり、他の誰とも違う芳香が馥郁と籠もり、小太郎の身体の芯《しん》に心地よい刺激が伝わってきた。

陰戸はやはり淫水が大量に溢れ、濃く色づいた陰唇が熱っぽくはみ出していた。

指で広げながら奥の柔肉を舐めまわし、とろりとした蜜汁をすすった。さらに伸び上がって、秘めやかな匂いを籠もらせる肛門も執拗《しつよう》に舐めてから、前に戻ってオサネに吸い付いた。

「ク……、ンンッ……！」

肉棒にしゃぶりつきながら、光が熱い息を弾ませて呻き、反射的にちゅっと強く吸い付いてきた。

互いに最も敏感な部分に舌を這わせ、執拗に愛撫し合ううち、光の全身ががくがくと小刻みに痙攣しはじめた。どうやら絶頂が迫ってきたのだろう。

その頃になると、小太郎もすっかり旺盛な淫気を取り戻しているから、そのまま身を起こして彼女にのしかかっていった。

光も、仰向けになって脚を開き、受け入れる体勢を取った。

小太郎は股間を押し進め、先端をあてがって一気に貫いていった。張り詰めた亀頭が潜り込むと、あとは自然に吸い込まれていくように、ぬるぬるっと滑らかに根元まで潜り込んだ。

「あぁン……、いい……！」

光がのけぞって言い、小太郎も快感に息を詰めて身を重ねていった。

肌が密着すると下から激しく光がしがみつき、待ちきれないようにずんずんと股間を突き上げてきた。それに合わせて小太郎も腰を突き動かし、大量の蜜汁にまみれた柔襞の摩擦快感を味わった。

果てそうになると、股間を押し付けたまま動きを止め、小太郎は屈み込んで光の両の乳首を交互に吸った。甘ったるい肌の匂いを嗅ぎながら、こりこりと硬くなった乳首を舌で弾き、腋の下にも顔を押し当ててから、伸び上がって唇を重ねた。

「ンン……！」

舌をからめながらも、光は腰をよじって熱く呻いた。

律動しては止め、それを繰り返すうち小太郎もいよいよ絶頂が迫ってきた。

すると、意外にも光が腰の突き上げを止め、思いつめたような眼差しで彼を見上げて言ったのだ。

「お願い……、お尻に入れてください……」

「え……？　大丈夫かな……」

思いがけない要求に、小太郎は驚いたが、同時に激しい好奇心も覚えた。

そういえば玉栄の艶本にも、そのような交接の仕方が書いてあったし、陰間《かげま》はそのようにするのが普通なのだから、もともと入れられない場所ではないだろう。

光も、快感の高まりの中で急に好奇心に駆られたのだろう。

「どうか、試してみたいんです」

「わかった。無理しないように、ゆっくりやってみようか」

小太郎はその気になり、重なっていた身体を引き起こした。

深々と納まっている肉棒を、ゆっくりと引き抜いていくと、

「あう……」

光が声を洩らし、逆に抜かせまいとするかのように締め付けてきた。しかし大量のぬめりにより、一物はぬるっと陰戸から離れた。すると彼女は自分から、肛門に受け入れやすいよう両脚を抱えて浮かせてきたのだ。

陰戸から溢れた淫水が、挿入摩擦により白っぽく濁り、肛門の方まで流れてねっとりと濡らしていた。

小太郎は、光の蜜汁にたっぷり濡れている亀頭を肛門に押し当て、呼吸を計りながら強く押しつけていった。

「く……、いいわ、大丈夫。もっと強く入れて……」

光が息を詰めて早口に言い、小太郎もぐいっと挿入した。硬くなった亀頭が、肛門の細かな襞を丸く押し広げてぬるっと潜り込んだ。襞が伸びきると、今にもぱちんと弾けそうなほど肛門は光沢を持って張り詰めた。

「ウ……！」

光は奥歯を嚙み締めて呻き、額には脂汗《あぶらあせ》を滲《にじ》ませたが、決して拒《こば》みはしなかった。

それでも一番太い亀頭が潜り込んでしまうと、あとは比較的抵抗もなく、ずぶずぶと奥

まで入っていった。

さすがに入り口の締まりは良いが、内部は意外なほど広い感じがした。しかも予想していたようなべたつきもなく、むしろ滑らかに吸い付くようだった。

小太郎は股間を押し付け、光の尻の丸みを感じながら膣とは違う感触を味わった。

「大丈夫ですか？　痛くありませんか？」

小太郎は、深々と貫きながら言った。

「少し痛いけれど、変わった感じで良い気持ちです……。どうか、心置きなく突いてくださいませ……」

光が健気《けなげ》に言い、きゅっきゅっと肛門を締め付けてきた。見下ろすと、陰戸からは新たな淫水も溢れているので、必ずしも苦痛ばかりでなく、ある程度は新鮮な快感を得ているようだった。

小太郎は安心して、少しずつ小刻みに腰を突き動かしはじめた。

粘膜が吸い付いているので、すぐに摩擦運動というのはできないが、それでも動くうち光も力の抜き方に慣れてきたようだ。締め付けが僅かにゆるみ、次第に小太郎も律動できるようになっていった。

陰戸と違う感触が実に興味深く、しかも常ならぬ穴に入れているという気分的な興奮が大きかった。上から滴《したた》る淫水も適度に潤いの補充をし、いつしか何とも滑らかに動けるようになった。

こうなると、ずんずんと突き入れるたびに下腹部に当たる尻の丸みが心地よく、一番締まる入り口に張り出した亀頭の雁首がこすられるのが、実に大きな快感だった。

小太郎はのしかかり、光の豊乳に顔を埋め、甘ったるい体臭に包まれながら動きを速めていった。

「アア……、いいわ、もっと強く、奥まで……」

光も夢中になって口走った。自ら乳首をつまみ、もう片方の手は股間に伸びてオサネまでいじっていた。貪欲《どんよく》な性を持った女は、もうどこの穴でも感じ、達することができるのかもしれない。

やがて小太郎は、激しく昇りつめていった。すでに陰戸に入れて動いたときの高まりも充分に残っていたのだ。

「う……、いく……」

小太郎は呻き、ありったけの熱い精汁を、光の底のない穴の奥にどくどくと放った。

「あう……、感じる……」

深い部分にほとばしりを受け、それを感じ取った光も声を上ずらせてひくひくと全身を波打たせた。陰戸ほどではないにしろ、それなりの絶頂を感じ取ったのかもしれない。きつかった動きが、内部に満ちる精汁のため、さらにぬらぬらと滑らかになった。

小太郎は全て出し切り、ようやく動きを止めて力を抜いた。のしかかったまま、うっとりと余韻に浸り、光もはあはあ息を弾ませて身を投げ出した。

すると、満足げに萎《な》えはじめた一物が、直腸の内圧により少しずつ押し出されてきた。まるで美女の排泄物にでもなったような興奮とともに、引き抜くまでもなく、肉棒はぬるっと抜け落ちてしまった。

肛門は裂けるようなこともなく、僅かに枇杷《びわ》の先のように肉を盛り上げ、内部のぬるっとした粘膜を覗かせて少し突き出た感じになっていた。それも徐々につぼまり、元の可憐な形状に戻っていった。

一物には特に汚れの付着もなく、小太郎は光に添い寝していった。

「良かったです。普段と違う感じで……」

光が、まだ荒い呼吸を繰り返しながら言った。

「念入りに洗った方がよろしいかと。最後にゆばりも放って、中も洗い流してくださいませ……」

「分かりました。圭さんの部屋で洗います」

こちらの二階には盥もないので、やがて呼吸を整えた小太郎は、下帯は着けず、寝巻きだけ羽織って帯を結び、再び窓から隣へと移った。

光も身づくろいして移動すると、すっかり眠そうになっていた志乃が、自分の部屋へと帰っていった。

四

——隣の物音で、小太郎は目を覚ました。彼は、圭と同じ布団で寝ていた。

そう、昨夜はここの盥で一物を洗い、二階の屋根からそっとゆばりを放ち、志乃と光が隣に引き上げると、小太郎は圭と一緒に寝たのだった。

どうやら志乃と光は起き出し、朝餉の仕度を始めたようだった。

間もなく、明け六つ（日の出の三十分ほど前）の鐘の音が聞こえてきた。

しかし、まだ起きる気にはなれず、小太郎は圭に腕枕したままじっと暗い天井を眺めていた。

圭は何も知らずに昏睡《こんすい》したまま、小太郎の胸に顔を押し当て、手も回してしがみついて心地良さそうにしていた。苦悶の色も消え去って表情はだいぶ安らぎ、規則正しい寝息も軽やかだった。

次第に空が明るくなり、障子越しに曙光が射しはじめた。

昨日は、昼間も夜も様々な女体と交渉を持ったが、一夜明けると小太郎の気力も充分に回復していた。だから圭の、ほんのり甘酸っぱい寝息や、甘ったるい体臭を感じるうち、朝立ちの勢いも手伝って淫気を覚えはじめてしまった。

自分というのは、つくづく色事が好きなのだなと、我ながら呆《あき》れる思いだった。

「小太郎……」

と、圭が小さく呟いた。

寝言だろう。彼の温もりを感じ、今まで普通に情交していたときの気分に浸っているのかもしれない。

小太郎がそっと抱きしめてやると、いきなり圭がぱっちりと目を開いた。

「あ……、小太郎……、私は一体……」

まだ寝ぼけたような声で言う。

「圭さん、気がつきましたか」

小太郎が言うと、圭は近々と彼の顔を見つめ、徐々に記憶が甦《よみがえ》ってきたようだった。

そして完全に我に返ると、圭はアッと声を上げて飛び起きた。

そのまま平伏し、ずずーっと部屋の隅まで後退していった。

「そんな、大げさな……」

小太郎は苦笑しながら、自分も身を起こして布団に座った。

「若様というのは、本当のことでございますか……」

圭が、平伏したまま思いつめた声音で言った。

「ええ、確かに私は喜多岡小太郎。元服後は正継《まさつぐ》と名乗っております」

小太郎が答えると、圭は顔を伏せたままヒッと息を呑み、肩を縮《ちぢ》めた。

「能楽の折など、遠くからお見かけしていたにもかかわらず、一向に気づきませず、単に父の上司のお子と思っておりました。何という迂闊《うかつ》……」

「なあに、そのように言われて遊学に出てきたのだから仕方ありません。さあ、手を上げてください」

小太郎は言ったが、圭は顔を上げなかった。

「数々の無礼、合わす顔などございませぬ。どうか腹を切らせてくださいませ。私の刀はどこに……」

「いいや、それは許さぬ！」

小太郎がぴしりと言うと、圭はびくっと身を縮め、恐る恐る顔を上げ、また伏せた。

「良いか、余の命令だ。今までどおり、遊学仲間として過ごせ！」

小太郎は、言うだけ言うと肩の力を抜いた。

「さあ、腹も減ったでしょう。もう隣で仕度が整っているはずです」

穏《おだ》やかに言うと、圭もようやく手を上げて身を起こし、眩《まぶ》しげに彼を見た。

「私は、どれぐらい気を……」

「おとといの夕方だから、一日半ほど」

「そうですか……。そう、刀を折られたのでした……」

圭は思い出しながら言い、慌てて寝巻きの胸元をかき合わせた。

実際、刀が折れた瞬間から、圭は打って変わって女らしくなっているように思えた。

「若様が、ずっと私のお世話を……？」

「お隣と交代で診ていました。若様と言うのは止めて、今までどおり小太郎と」

「そ、それればかりは滅相も……」

圭は、今までのことを振り返り、あらためて恐縮した。

「とにかく下へ降りましょう」

小太郎は言い、寝巻き姿のまま立ち上がった。そして圭の腕を支えて立たせ、注意しながら一緒に階段を下りた。圭はかなり足元がおぼつかなかったが、それは疲労というより主君に支えられているからだろう。

下に降り、突っかえ棒を外して外に出た。

「まあ、お気がつかれたのですね。良かった」

七輪で干物を焼いていた光が言い、奥から志乃も出てきた。

「お世話をかけました。有難うございます」

圭は礼を言い、小太郎は彼女を井戸端へ連れて行ってやった。自分も顔を洗い、房楊枝で歯を磨き、招かれるまま志乃の部屋に入った。すでに朝餉の仕度が整っている。

「私は後でいいから」

小太郎は言ったが、とにかく自分が済ませなければ女たちは食事ができないだろう。特に圭は、真っ先に栄養を取らねばならないのに、小太郎より先に箸《はし》をつけるわけにはいかなかった。

仕方なく、小太郎は先に自分だけ食事を済ませた。そして圭が気遣って喉を通らないといけないので、一人だけ先に自分の部屋に戻って着換えをした。

やがて朝餉を終えた圭も、隣の部屋に戻ってきたようだ。着換えの間は、志乃か光が付き添っているだろう。

半刻ほど待っていると、やがて志乃に呼ばれ、小太郎は圭の部屋に行った。

「こ、これは……」

中に入り、小太郎は目を丸くした。そこには、見知らぬ美女が恥ずかしげに座っているではないか。

「どうです。見違えるようでしょう」

櫛《くし》や香油の容器を片付けながら光が言った。

圭は長く垂らしていた髪を島田に結い、うっすらと白粉を塗って紅を差し、志乃に借りた小袖に身を包んでいたのだ。男装しか知らぬ小太郎にとって、それは別人のようにたおやかな美女であった。

「綺麗だ。圭さん。驚きました」

小太郎が感嘆して言うと、圭は恥じらいに俯《うつむ》いた。嬉しげではあるが、憂《うれ》いは隠しようもない。何しろ小太郎の顔に跨り、ゆばりまで放ってしまったのである。

「圭さんは、玉栄先生や近藤さんにお礼に伺いたいと」

志乃が言う。

「そうですか。身体さえ大事無ければ行きましょうか」

小太郎も答え、圭は立ち上がった。志乃は手習いもあるし、間もなく帰ってくる悠吾を待つために残り、圭には光が付き添った。

小太郎は大刀を差し、藤乃屋に向かって先に歩いた。途中何度も振り返ったが、光と歩く圭は、見れば見るほど良い女だった。

一昼夜寝込み、すっかり男っぽい要素が抜けてしまったのかもしれない。この分では、もう池野道場の師範代は務まらないかもしれない。しかし松枝も足が治りつつあるから、それほど門弟への影響もなくて済むことだろう。

やがて市ヶ谷に着き、藤乃屋を訪ねた。

「ほほう！　これはまた何という……」

出てきた玉栄も圭を見て目を見開き、しばらくは声も出なかったほどだ。

「お世話をかけまして、申し訳ありませんでした」

圭は深々と頭を下げて言った。

「これは、あの女丈夫と同じ女とは思えん。これは絵に描いておきたい。いや、艶本ではないから心配はご無用」

玉栄は小太郎と圭を離れに通し、手早く画帖と筆を用意した。そして座っている彼女をさらさらと墨一色で描いた。その筆さばきは実に見事なもので、小太郎は圭よりも玉栄の手練の技に見惚れた。

たちまち圭の座した姿が描き写された。色は後からつけるのだろうが、墨だけでも彼女の肌色や唇の赤、着物や帯の華やかさが見えてくるようだった。

絵を描き終えてからも、玉栄は惚れ惚れと圭を見つめていた。

やがて藤乃屋を辞すと、そこで光は四ツ谷の家へと帰っていった。もう付き添わなくても、圭は大丈夫と思ったのだろう。

小太郎は、圭と二人で牛込甲良屋敷にある、近藤の道場、試衛館を訪ねた。小さな道場だが活気があり、撃剣の音が響いていた。

覗いてみると、門弟に武士は少なく、おそらくは多摩地方から農作物や薪炭などを江戸に運んでいる人たちが、空いた時間に剣術を習っているようである。天領である多摩地方の農民は、武芸を好む気風にあるようだった。

ここでも、出てきた近藤周助は目を見張り、圭の変わりようと美貌への驚きを隠さなかった。

「おお、あなたでしたか……」

「貴方様に刀を折られ、私は目が覚めたようでございます」

「いやいや、お刀は気の毒した。新しいのを買って返そうかとも思っていたのだが、そうか、そのお姿ならば、もう刀は要らぬな。良かった、実に」

近藤は笑顔で言った。しかしそれは圭の回復を喜ぶという以上に、弁償せずに済んだという安堵《あんど》に思えて小太郎はおかしかった。

やがて試衛館を辞した二人は、池野道場にも少し顔を出してから長屋へと帰ってきた。

五

圭が言った。夕餉も終え、まるで今朝目覚めたときのように彼女の部屋の二階で、小太郎とともに床についていたのだった。

外もだいぶ暗くなっている。小太郎は無理やり圭の二階に上がり込んで、互いに寝巻き姿で抱き合っていたのだった。何しろ、まだ圭は全て納得しているわけではなさそうだから、目を離したら何をするか分からない。

「私は、どうしたら良いのでしょう……」

「多くの方にご心配頂き、交代で看護もしていただきました。そうした人のつながりは何よりの宝に思います。しかし、若様と知った以上、このまま遊学していて良いのでございましょうか……」

「良いのですよ。まだ、屋敷を出ていくらも経っていません。それでも、これだけ多くのことを学んだのですから、これからも様々なことに出会うでしょう。そうした全てが、これからの藩に役立つことと思うのです」

小太郎は、圭の温もりを感じながら言った。

「お話は、良く分かります。しかし……」

彼女は言いよどんだ。無理もないことだが、こうして身体をくっつけて寝ているだけでも、圭は落ち着かないようだった。

「気がかりがあるとすれば、私とのことですね」

小太郎は、圭の気持ちを察して言った。

「はい。自分のしたことが恐ろしいです。無礼の限度を遥かに超えております……」

「それは、私の素性を知らなかったのだから無理はない。私もまた、素性を明かさず自然な付き合いがしたかったし、遠慮のない行動の数々は何より嬉しかったです。叩かれたり顔に跨られたり、さらに」

「い、嫌ッ……！」

圭は声を上げ、背を向けようとした。

しかし小太郎はそれを押さえつけ、強引に唇を奪っていった。

「ム……ウウ……！」

圭が眉をひそめて呻き、熱く甘酸っぱい息を弾ませた。

頑《かたく》なに前歯を閉ざしている圭の口を執拗に舐め、小太郎が胸元から手を入れると、彼女の肩がびくりと震えた。

もちろん突き放すようなことはできず、圭はじっとしているだけだ。

小太郎は乳首を弄《もてあそ》び、優しく唇の内側や歯並びを舐め続けた。

そのうちに、強ばっていた圭の全身から次第にぐんにゃりと力が抜けてゆき、閉ざされていた前歯も開かれていった。

やはり小太郎の素性よりも、すっかり馴染《なじ》んだ初めての男の愛撫に、肉体の方が反応しはじめたのだろう。

ようやく舌を侵入させると、小太郎は甘く濡れた圭の口の中を隅々まで舐めまわし、奥に縮こまった舌を探った。舐めているうち、圭の舌もおずおずと蠢きはじめ、ぬらぬらとからみ合うようになってきた。

圭が、徐々にかつてのような自分を取り戻しはじめ、小太郎は安心した。

唇を離すと、小太郎は甘い匂いのする首筋を舐め下りながら、彼女の寝巻きの胸元を大きく開いていった。

息づく膨らみに顔を埋め、甘ったるい肌の匂いを嗅ぎながら小太郎は乳首を含んだ。

「ああッ……！」

圭が声を上げ、身を反らせて悶えた。

小太郎は乳首を舌で転がし、帯を解いて裾を開きながら、内腿の間に指を這わせていった。滑らかな肌を撫で上げ、指で茂みを探り、割れ目に触れると、そこはぬらりと熱い蜜汁で潤っていた。

小太郎は両の乳首から、淡い腋毛の煙る腋の下まで念入りに舌を這わせてから、いったん身を起こして自分も寝巻きと下帯を取り去った。そして彼女の下半身に移動し、足裏から爪先をしゃぶりはじめた。

「い、いけません……、若様……」

圭が声を震わせ、びくっと足を引っ込めようともがいた。

「若様ではない。小太郎と呼べ。命令だ。さあ」

小太郎は、指の股の匂いを貪りながら言った。

「こ、小太郎……」

ようやく、圭が小さく言った。

「それでいいんです。全部、今までと同じことをしますよ」

小太郎は言い、身悶える圭の両足を舐めてから、脚の間を舌で這い上がっていった。

すべすべの内腿を舐め、熱気と湿り気に満ちた股間に顔を迫らせた。

て言った。

「ああっ……、い、いけない……」

股間の中心部に彼の息と視線を感じただけで、圭は生娘のようにくねくねと腰をよじっ

小太郎は、濃厚な女の匂いを籠もらせる割れ目に顔を埋め込み、茂みに籠もった懐かし
い圭の匂いを存分に吸収した。舌を伸ばし、蜜汁の溢れた表面から舐めはじめ、徐々に奥
へと差し入れていくと、

「アアーッ……！」

圭は喘ぎながら、懸命に腰を浮かせ、寝返りを打つように身をよじった。

しかし小太郎はしっかりと彼女の腰を抱え込んで押さえ、熱く濡れた柔肉を舐め回し、
脚を浮かせながら潜り込んで、ほのかな匂いを籠もらせる肛門にも執拗に舌を這いまわら
せた。

圭は急に放心したようにぐったりと力を抜き、小太郎は再び割れ目を舐め、オサネにも
吸い付いた。

「あう……、き、気持ち、いい……」

うわ言のように圭が呟いた。どうやら現実と過去の快感が渾然となり、肉体だけが反応
しはじめたようだった。

そして新たな淫水をすすりながら小太郎が舐め続けるうち、圭はたちまち気を遣ってしまったように、ひくひくと狂おしく肌を痙攣させた。

「あ……、アア……、もう駄目……！」

圭は身を反らせて硬直し、とうとうがっくりと力を抜いてしまった。

ようやく小太郎も顔を離し、圭に添い寝していった。荒い呼吸を繰り返している圭の手を取り、勃起した肉棒へと導いた。

圭も、のろのろと指を這わせて愛撫をはじめ、すっかり元の感覚に戻ったようだった。

「どうか、上に……」

小太郎が囁きながら圭の身体を押し上げると、彼女も素直に半身を起こし、まずは屈み込んで肉棒にしゃぶりついてきた。喉の奥まで呑み込み、舌を這わせながら断続的に吸い上げた。

小太郎は、温かく濡れた口腔に包まれ、うっとりと力を抜いて快感を高めていった。

そして充分に絶頂が迫ってくると、彼女の手を握って促した。圭は、少しためらいながらも仰向けの小太郎の股間に跨り、幹に指を添えて陰戸に受け入れていった。

「ああッ……！」

ぬるぬるっと肉棒が潜り込むと、圭は顔をのけぞらせて喘ぎ、完全に座り込んで股間を密着させてきた。

小太郎も、熱く濡れた柔肉にきゅっと締め付けられ、快感に喘ぎながら圭の身体を抱き寄せた。圭はすぐにも腰を前後させ、乳房まで彼の胸に激しくこすり付けてきた。

恥毛がこすれ合い、小太郎は全身に圭の温もりと重みを受け止めながら下から股間を突き上げた。

溢れた淫水が彼の内腿までねっとりと濡らし、次第に圭の動きが速くなってきた。

「ああ……、気持ちいいよ、圭さん……」

「ど、どうか、圭と……」

「ならば小太郎と呼んでください。前のように、お前がこの世で一番嫌いだと言って、顔に唾もかけてください」

小太郎は、圭のかぐわしく熱い息を嗅ぎながら囁いた。

「どうか……、堪忍……」

圭は快感と混乱の中でかぶりを振り、また何度目かの絶頂に達しはじめていた。

「あうう……、ま、また身体が宙に……、アアーッ……、小太郎！　お前なんか、大嫌い……！」

圭はがくがくと身悶え、小太郎の顔中に熱い口づけを繰り返し、舌まで這わせてきた。

小太郎は温かく清らかな唾液にまみれながら、圭の絶頂の痙攣を感じ取り、自分も激しく昇りつめていった。

「ああ……、圭……！」

小太郎は口走り、狂おしく圭と舌をからめながら勢いよく精汁を放った。そして力の限り股間をぶつけ合い、最後の一滴まで絞り尽くした。

ようやく互いの激情が過ぎ去り、動きを止めた二人は重なったままぐったりと力を抜いた。

「いつまでも、このままの関係でいましょう……」

うっとりと余韻に浸りながら小太郎は囁いた。が、もちろんそのようなことは不可能だと、二人とも充分に承知しているのだった……。

一〇〇字書評

切り取り線

購買動機（新聞、雑誌名を記入するか、あるいは○をつけてください）

□（　　　　　　　　）の広告を見て	
□（　　　　　　　　）の書評を見て	
□ 知人のすすめで	□ タイトルに惹かれて
□ カバーがよかったから	□ 内容が面白そうだから
□ 好きな作家だから	□ 好きな分野の本だから

●最近、最も感銘を受けた作品名をお書きください

●あなたのお好きな作家名をお書きください

●その他、ご要望がありましたらお書きください

住所	〒				
氏名		職業		年齢	
Eメール	※携帯には配信できません		新刊情報等のメール配信を希望する・しない		

あなたにお願い

この本の感想を、編集部までお寄せいただけたらありがたく存じます。今後の企画の参考にさせていただきます。Eメールでも結構です。

いただいた「一〇〇字書評」は、新聞・雑誌等に紹介させていただくことがあります。その場合はお礼として特製図書カードを差し上げます。

前ページの原稿用紙に書評をお書きの上、切り取り、左記までお送り下さい。宛先の住所は不要です。

なお、ご記入いただいたお名前、ご住所等は、書評紹介の事前了解、謝礼のお届けのためだけに利用し、そのほかの目的のために利用することはありません。またそのデータを六カ月を超えて保管することもありませんので、ご安心ください。

〒一〇一-八七〇一
祥伝社文庫編集長　加藤　淳
☎〇三（三二六五）二〇八〇
bunko@shodensha.co.jp

祥伝社文庫

上質のエンターテインメントを！　珠玉のエスプリを！

祥伝社文庫は創刊15周年を迎える2000年を機に、ここに新たな宣言をいたします。いつの世にも変わらない価値観、つまり「豊かな心」「深い知恵」「大きな楽しみ」に満ちた作品を厳選し、次代を拓く書下ろし作品を大胆に起用し、読者の皆様の心に響く文庫を目指します。どうぞご意見、ご希望を編集部までお寄せくださるよう、お願いいたします。

2000年1月1日　　祥伝社文庫編集部

おしのび秘図《ひず》　長編時代官能

平成17年6月20日　初版第1刷発行

著者　睦《む》月《つき》影《かげ》郎《ろう》

発行者　深澤健一

発行所　祥《しょう》伝《でん》社《しゃ》

東京都千代田区神田神保町3-6-5
九段尚学ビル　〒101-8701
☎03（3265）2081（販売部）
☎03（3265）2080（編集部）
☎03（3265）3622（業務部）

印刷所　萩原印刷

製本所　明泉堂

ISBN4-396-33232-7　C0193

祥伝社のホームページ・http://www.shodensha.co.jp/